烂漫余情人似玉

李欧梵　李子玉◎著

ZHEJIANG UNIVERSITY PRESS
浙江大学出版社

图书在版编目（CIP）数据

烂漫余情人似玉 / 李欧梵，李子玉著. -- 杭州：
浙江大学出版社，2018.9
ISBN 978-7-308-18182-2

Ⅰ . ①烂… Ⅱ . ①李… ②李… Ⅲ . ①随笔—作品集
—中国—当代 Ⅳ . ①I267.1

中国版本图书馆 CIP 数据核字（2018）第 088192 号

烂漫余情人似玉

李欧梵　李子玉　著

特约策划	姜爱军	
责任编辑	罗人智	
文字编辑	马一萍	
责任校对	仲亚萍	
封面设计	尚书堂	
出版发行	浙江大学出版社	
	（杭州市天目山路 148 号　邮政编码 310007）	
	（网址：http://www.zjupress.com）	
排　　版	杭州林智广告有限公司	
印　　刷	浙江新华数码印务有限公司	
开　　本	889 mm×1194 mm　1/32	
印　　张	9.375	
字　　数	225 千	
版 印 次	2018 年 9 月第 1 版　2018 年 9 月第 1 次印刷	
书　　号	ISBN 978-7-308-18182-2	
定　　价	48.00元	

1999 年在韦尔斯利学院（Wellesley College）校园

2000 年 9 月 12 日结婚当日在剑桥的家门口

2003 年在麻省理工学院校园

2004 年在纽约的哈佛俱乐部

2010 年在美国西北大学校园

2012 年在北欧拉脱维亚小镇

2014 年在杭州西湖

2014 年在苏州狮子林

2016 年在香港中文大学烽火台

2016 年在德国海德堡哲学家小径

2017 年在香港中文大学新亚书院的著名景点"天人合一"

2017 年在上海思南会馆的照相馆为"思南摩登节"拍的怀旧照

2018 年在香港大埔慈山寺

身穿老上海"摩登"服装的子玉

目录

这本小书是我和子玉（她原名玉莹）婚姻生活的自传，写于 2000 年，至今（2018 年）已经过去将近十八年了。现在回看，似乎这里面的故事写的是另一对夫妇，然而内容却是我们自己的。十八年的岁月，也让我们体悟到更多，值此再版的机会，老婆要我先写一个序言，交代一下我们这十八年的经验，也借此归结一下过平常日子的真正意义。

这本小书，是我们两个人合写的，是一种"双声体"，但形式和内容都很庞杂，包括书信、日记、札记、游记、引文，还有"养生之道"和抵抗抑郁症的"指南"，甚至还把友人如白先勇和毛尖描写我们的文章也放了进去。我们故意这样安排，因为这种开放式的文体反映了生活本身的多元性，也欢迎读者自由浏览。十八年过后，我和子玉觉得这种做法依然弥足珍贵，这使得这本小书成了我们两人一段过去生活的纪念品，像相册一样，保留了一段生活的真实。现在想来，幸亏当年不知天高地厚地写出来了，否则这一段生活就会随着岁月而流逝，空留一些串联不起来的片段。这本小书的文笔也是真实的，它反映了我们当时的心情和感受。现在要我们再写，可能写不出来了。也许不少爱护我们的友人和读者会问：十八年后，你们还是快快乐乐地过平常日子吗？答案当然是肯定的，但也要稍作解释。

托尔斯泰有一句名言,"幸福的家庭都是相似的,不幸的家庭却各有不同。"我要在此斗胆加上一句批注:即使是幸福的家庭和婚姻,表面上相似,但幸福的方式仍然各有不同。我和子玉的婚姻,虽说始于缘分,但婚后的日常生活方式却是我们自己一步一步逐渐建立起来的,和缘分无关。现在回想起来,头两年我们在一起过的"平常日子",其实一点也不平常。结婚不到半年,子玉的抑郁症就发作了,我们的生活一下子从天堂跌到地狱,朝夕愁眉哭脸相对(见本书卷六)。夫妻俩如何在这种情绪下过平常日子?这是我们感情的第一个考验。奋斗了将近半年,我们终于战胜了恶魔,通过了这个"婚姻入学试"。2001 年夏,我们到了香港,我在香港大学客座一年,本来只打算换一个环境,子玉的抑郁症竟然好了。但我还是要回到美国任教两年,才能提前退休。2004 年我正式从哈佛退休,到香港中文大学任教,本来也不打算久留,以为也许一两年就够了,然后就返回美国过退休生活。如果真的照这个计划实行的话,我们过的"平常日子"又会大不相同,可能比在香港平淡的多,甚至乏善可陈。然而我们在香港留了下来,我的教书契约一延再延,直到如今。为什么我决定在香港定居?很多朋友以为是为了子玉。他们只猜对了一半。另一半原因是,早在 1970 年我第一次来港(也是在中大任教)时就已经有一种预感:我和这个城市有一种特别的缘分。1997 年我又特意返港,见证它的回归,当时我百感交集(见本书卷四)。其后我返港的次数越来越多,终于决定定居,变成香港的永久居民。

和子玉在香港过平常日子,方式当然和在美国不同。美国的退休生活,大多是闲逸的,每个家庭"各自为政",相对而言也是孤独的;而在香港这个拥挤的城市,根本无法与世隔绝,也闲不下来,外在的压力也随时会打乱我们日常生活的节奏。加上我自愿积极参与香港公共领域的文化生活，经常为报纸杂志写稿，忙得不亦乐乎，又如何抽得出时间在家过平常日子？事实上，这种繁忙的生活对子玉也有压力，她要照顾我每天从早到晚的生活，又要陪我到各地演讲、参加学术会议等，出入各种应酬场合。这种生活方式，对子玉来说显然也有压力，有时使她心绪不宁，甚至引起她的抑郁症复发。然而每一次她都靠一己的毅力克服了。

很多男人都是"大男人"，只顾自己事业，很少想到"另一半"的心灵需要，事业和家庭似乎不能两全。像大多数的学者太太一样，子玉的日常生活围着我转，积多年的经验，她终于适应了。如今我年近八十，终于学会如何"慢下来"（slow down)，但说来容易，做起来并不简单。有时候我的"职业病"也会复发，受邀参加学术会议作主题演讲或发表论文时，我就会紧张起来，为了准备，虽不至于废寝忘食，但有时也全神贯注，钻进书堆里面，不顾身边老婆的存在！老婆偶尔会抱怨，我则冠冕堂皇的回答："你必须了解学者的生活，人在江湖，身不由己。"——说来头头是道，心理还是暗自惭愧，觉得对不起老婆。

如何在繁忙的生活中过平常日子？这是一个难题，也是子玉在我们婚后生活中的最大贡献。过平常日子有一个主要目的，就是养生，包括养身和养心。

我们结婚的时候，我就直截了当地告诉子玉：我单身生活过得太久，养成不少邋遢的坏习惯，求她管管我。子玉是一个天生会照顾人的人，加以我们年龄上的差距（我比她大十三岁），婚后子玉把照顾丈夫视为主要任务。在美国这是行不通的，因为它违反了女权主义的基本立场。但我深知人在福中要知福,每天不断地向她表达感激之情,鞠躬作揖成了每天早餐时的仪式。一方面我要她管我,另一方面我又不服她管,像一个老顽童,在餐桌上耍赖皮,把吃饭变成一种游戏,害得她不胜其烦。然而不知不觉之间,我也逐渐改变了不良的饮食习惯,学到多吃素菜、不过饱的好习惯。做单身汉时,我一向晚睡晚起,结婚后逐渐随着子玉早睡早起,但起床时又会拖拖拉拉,子玉给我一个绰号——"懒瞓猪"。她又逼我早晚做健身操,练平甩功,虽然我时而偷工减料,但久而久之,功效卓著。我年近八十,身体依然健硕,每天可以睡八个小时,而且随时可以午睡。这一切都归功于我老婆。我对于子玉的影响,据她自供,是我的豁达个性和幽默感改变了她的急躁脾气,我教她放松,听其自然,坐地铁时不争先恐后。走路她比我快,我甘愿作"跟尾狗",紧要时刻就在她身后用广东话大叫"勿急!勿急!",有时还夹着音乐上的专有名词——adagio(慢板)!在别的乘客看来,我们这对夫妇可能有点奇怪,我也顾不了。如今我的"慢活"哲学终于得到不少文化批评家和学者的肯定。

任何夫妇过"平常日子"都是互相磨合和迁就的过程,只不过磨合的方法不尽相同。有的夫妇吵架,感情越吵越好——当然也不乏越吵越疏远而终于离婚的例子。我和子玉很少起争执,从结合之初就互相尊重、互相体谅。至于让步,还是我让的机会比较多,因为若是辩论起来,我辩不过她。任何夫妇相处久了,都会摸清彼此的脾气,如此则平安无事。然而这类家常话谁都会说,无甚稀奇。更重要的元素是乐趣——乐趣是过平常日子的妙药,可以使生活过得轻松愉快,然而乐趣也必须发掘和营造。例如我故意在早餐时表演我的 18 世纪绅士的鞠躬礼,如今变成了一个仪式,这对我而言也是一种乐趣,老婆心知肚明，知道我是在表演，但还是很开心。有人说我们老夫老妻出门手牵手，还那么甜蜜蜜的，有时还在公共场合"打情骂俏"，真是"恬不知耻"，我们听了也不以为恼、不以为羞，视之为正常。以前我在晚上睡觉前表演"脱衣舞"，现在变成了健身操，老婆依然笑声不绝，乐趣自在不言中。总而言之，过平常日子就是要放下身段，返璞归真。多年来我从子玉的个性中获益最大的就是她与生俱来的大真，她虽然经历了那么多次抑郁症的缠绕，但依然纯真得像个少女。所以我时常笑说，子玉的年纪永远在十八岁至二十八岁之间，她抗议我说得过分。于是我让步，改为二十八岁至四十八岁之间，没有任何人相信她已经过了六十岁！和她在一起生活，我觉得永远年轻，也本能地要保护她，给她足够的安全感，令她无忧无虑，永远保持那股青春的气息！不止我如此，不少朋友对她也有这种感觉。

最近这两三年，子玉开始作画，无师自通，画的画浑然天成，而且产量惊人。她终于找到一件自己最喜欢做的事情，这是我们结婚十几年来生活上的一大突破：除了做家庭主妇、业余作家（她自己写了不下六七本书），子玉又多了一个"认同"（identity）。但这个"认同"意义非凡，它彻底改变了我们的日常生活。初时子玉不把绘画当作一回事，只不过想忙里偷闲，纾解压力，然而她逐渐发现一个奥秘：她最快乐、最忘我的时间，就是作画的那几十分钟。她在餐桌上把画纸摊开，不假思索就信笔涂抹出色彩缤纷的水彩画来。我初时并不在意，但当她高高兴兴拿着刚画好的一幅抽象风景走进我的书房时，我正苦于思索自己文章，抬头看到她花枝招展的笑颜，终于悟到一个真理：这就是她今后心灵的寄托。她自己说这是菩萨赐给她的，目的不仅是自我修炼，而且借此和他人进行交流。果然不错，朋友们偶尔从手机的视频上看到她的画,都反映说不错。有的朋友不但喜欢,而且还愿意为她开画展。几乎在一夕之间,她得到来自好几个地方的画展邀请:台北、杭州、上海、北京、深圳、海南、广州,还有香港。最近几个月,子玉突然变成了一个大忙人。这个现象如何解释? 是否会打乱我们的平常日子? 我应该怎么办? 我当然高兴,但也不无担心,难道真的是菩萨赐给她的另一个机缘?

　　子玉终于领悟到:她的绘画不是为了名利,而是为了修身养性。近年来她开始食斋、信佛、打坐,然而她不迷信,不到寺院去跪拜求财,只是信菩萨和菩萨心肠,其意义在于修炼、行善、普度众生。她并无他求,只是为了反躬自省。最近她开始在早餐餐桌上向我灌输她的理论,我听来似乎有点像宋明儒家的"心学"观点。她说我教书何尝不也是一种修炼和布施? 因为我有教无类,欢迎任何人来旁听我的课。她的绘画能够引起别人的共鸣,甚至使有些人快乐,这种心灵的交流,也是一种参佛:似乎隐隐之中有一个神秘的力量在指引她。我听着听着,脑中涌起的是余英时先生送给我们的那首诗中的一句话——"一笑拈花出梵天"。这句诗的前一句是"欧风美雨历经年",很巧妙地把我的名字放进去了。不错,过去这三四十年我受到了不少"欧风美雨"的熏陶,如今似乎到了"出梵天"的最后阶段,这"一笑拈花"岂不是指我们两人的造化? 这一朵花就是子玉。在我的心目中,她是一朵小莲花。

在 2000 年的 9 月底我收到李欧梵与李玉莹从哈佛寄来的信与相片,信由玉莹执笔,信里告诉我,9 月 12 日,她与欧梵两人终于结成夫妻。相片是在剑桥市政府登记结婚时照的,两人衣着庄重,神情喜悦中带着一份虔敬。我注视相片良久,心中竟有一种说不出的感动,好像一件悬挂多年的心事,最后圆满了结。欧梵与玉莹结成连理,这段姻缘,三生前定。但两人这段姻缘路走来却是漫长崎岖,障碍重重,须经千山万水、跨过一个世纪才得抵达彼岸,修成正果。

李欧梵与我是台大外文系的同班同学,我们那一代的台大学生多少总感染上一些五四遗绪:理想主义、浪漫情怀是我们当时对生活、生命憧憬的基调。这也难怪,我们的老校长傅斯年就是五四运动的学生领袖之一,又曾当过北大校长,当年台大也继承了一些老北大自由主义的风气。李欧梵在学生时期,就受到台大五四遗绪的熏陶,而且他来自音乐世家,父母亲本身就是五四一代的传承者,在家与校的双重影响下,李欧梵后来到哈佛念书,以五四作家为研究主题,可谓其来有自。他的第一本学术著作《现代中国文学的浪漫世代》研究西方传来的"浪漫主义"对五四作家的启蒙,徐志摩便是他的主要研究对象。徐志摩是中国的拜伦，他是五四一代的浪漫图腾，他那些热情洋溢的抒情新诗以及他本人与陆小曼、林徽因轰轰烈烈、离经叛道的罗曼史早已演变成一则"爱情神话"，这则五四时代的"爱情神话"至今仍在撩动华人世界千千万万恋爱中的男女。李欧梵自己承认徐志摩对他的影响是巨大的，我想那是因为他对徐志摩那种为追求爱情奋不顾身的执着精神有所向往。五四是我们这个古老民族返老还童的一个运动，而徐志摩在恋爱中呈现出来的赤子童心，我猜欧梵也是有所惺惜的。李欧梵致力研究五四的浪漫思潮，不自觉的反倒成了浪漫五四的最后传人。

李欧梵虽然研究浪漫文学，可是他做学问可不"浪漫"。今天他成为哈佛的杰出教授，是我们这一辈学人研究中国近代文学史、思想史的佼佼者，并非偶然，这是他按部就班，苦下功夫，一点一滴累积起来的学术成就。他的事业轨迹从哈佛毕业到普林斯顿教学，历经芝加哥大学、加州大学洛杉矶分校，最后回转哈佛达到巅峰。欧梵个性乐观进取、豁达开朗，事业上即便偶有横逆，也反倒是愈挫愈勇，这点他倒有北方人笃实苦干的强韧精神，但事业与学问的成就并不一定就能成为感情生活的保障。以欧梵这样至情至性的人，信奉"情至"，却偏偏在感情路上三起三落，饱受挫折。年轻时的两次恋爱，已经论及婚嫁，却在最后破裂，连我们这些老朋友看着都替他着急。他的第一次婚姻要拖到中年，已近半百了，可惜夫妻缘分不长，十年分手，大家又是一阵喟叹。

在1997年春天，李欧梵邀我到哈佛访问，原来哈佛以及波士顿各大学的一群亚裔学生把我的小说《孽子》的英译本改编成舞台剧，由戏剧博士生 John Weistein 执导，在哈佛的亚当斯戏院上演七场。欧梵邀我去看戏凑热闹，舞台上一群叽叽咕咕说英文的"莩子"十分有趣，学生演得很卖劲，导演的指导教授是王德威，老师当然也去捧场。那是欧梵回哈佛执教后我第一次去看他，并在他家住了三夜。欧梵的家是一座三层楼的老房子，我睡在顶楼的卧房。波士顿的 5 月，天还是寒飕飕的，不知为什么，我感到欧梵那个家从上到下都是一片冷清，连他的后院也是荒芜的，生满了杂草。从前无论在什么场合见到欧梵，总看见他神采飞扬，高谈阔论，那次见面，我却感到欧梵无意间透着一股落寞，心事很重。他的身体状况也不是很好，还有遗传性的糖尿病。而我自己大劫归来，身心交疲，情绪也难提升。记得 1968 年我刚到加大当讲师，欧梵还在念博士，他到圣芭芭拉来看我，两人初上人生征途，凡事兴高采烈。三十年后，我教书生涯功德圆满，划下休止，而欧梵的事业也达到顶峰，两人相对，反倒像"冬夜"里两个暮气沉沉的老教授，满怀惆怅。那次分手不久，便传来欧梵离异的消息，后来我才醒悟，那次在剑桥见到他，恐怕是他人生中最低潮的时刻。

在 1999 年 9 月，我去新加坡参加小说评选，是老朋友诗人王润华邀请的，我一到新加坡，润华和淡莹夫妇便笑嘻嘻地告诉我道："李欧梵在谈恋爱了！"然后就一边笑一边讲下去："李欧梵先我一个月到新加坡，在新加坡大学讲学，有一位香港女朋友，常常从香港飞来陪伴他，连班也顾不得上了。两人正在热恋中！"有这等事？我诧异，因为前不久才听闻李欧梵背痛，躺在地板上起不来，一下子却带着女朋友到马六甲约会去了。我当然对这位能使李欧梵奋然而起（galvanized）的女朋友万分好奇。那年年底 12 月我和李欧梵都到了台北，他打电话给我，告诉我说女朋友也来了，想见见他的老同学。我半夜三更便赶到他的旅馆，终于见到了李玉莹。我们找了一家咖啡馆坐下聊了一下天。玉莹秀外慧中，娇小玲珑，是位极可亲的女性，她坐在李欧梵身边，落落大方，极其舒坦，好像两人本来就是天生一对，应该互相依靠在一起。李欧梵完全变了一个人，一下子年轻了十几二十岁，上次见到他的暮气病容一扫而光，脸上掩不住的兴奋得意，简直像个恋爱中的小伙子。爱情的力量如此不可思议，竟然有回春功、还魂丹的神效。玉莹与我一见如故，我送他们回旅馆时，她直接问我对她的观感，我说道："我这位老同学一生都在寻找一位红颜知己，我想他已经找到了。"那时我对他们两人的恋爱过程还一无所知，那只是我仅凭直觉作此断语。我想我的直觉对了，李欧梵终于在玉莹身上令感情有了着落。玉莹的确是欧梵一生追寻的红颜知己。

　　李欧梵与李玉莹结为夫妇，其间过程其实非常曲折，极富传奇色彩，是"半生缘"加上"倾城之恋"。20世纪80年代李欧梵执教于芝加哥大学，李玉莹也在那里，那时李玉莹已结了婚，先生邓文正在芝大攻读博士，李欧梵与他们一家结成好友。因欧梵早年也曾在芝大念过书，大家便以师兄弟、师兄妹戏称。玉莹精于厨艺，是烹调高手，而又生性好客，家中经常高朋满座。欧梵半辈子单身，艳羡玉莹的靓汤之余，恐怕也想分享玉莹的家庭温暖，竟在邓家搭食五年。李欧梵是正人君子，据他自白，当时对朋友妻是半点邪念也未敢动的。后来玉莹一家回转香港，欧梵自己也已成婚，两家人的联系中断了一段时期。多年后，欧梵与玉莹香港重逢，玉莹与先生缘分早尽，而欧梵自己亦经家变，这一对饱经沧桑的世间男女，各自众里寻他千百度，才蓦然觉醒，原来眼前即是梦中人。这一下，"半生缘"便爆发出"倾城之恋"来了。张爱玲原来的故事范柳原和白流苏，两人"谈"恋爱精打细算，实在算不上浪漫。李欧梵曾戏笔把这则故事继续写下去（《范柳原忏情录》),把范柳原写成了一个自怨自艾的孤老头,但一旦他自己恋爱起来,山崩海裂,却是十足的"倾城"之恋。

李欧梵和李玉莹把他们两人这一段奇缘合撰成一本书《过平常日子》,体例有点模仿沈三白的《浮生六记》,也是六卷。李欧梵常常在文章中提到这本书,尤其对芸娘有好感。大概在中国传统女性形象中,《浮生六记》里的芸娘算是李欧梵的理想型了。李玉莹的聪慧、贤淑、善体人意与芸娘近似,所以欧梵有时昵称她为莹娘。李欧梵念西洋文学,精通西方音乐,品味极为西化,早年他追求的理想对象恐怕跟陆小曼、林徽因那些五四以来的新女性差不多。陆小曼跳交际舞、唱昆曲很在行,但是煲靓汤恐怕不行,那还得莹娘亲自下厨调制,欧梵终于了悟,"过平常日子",喝一碗莹娘亲手煲的靓汤,那才是人生真正的幸福。

这本书的第一卷"两地寄情"是欧梵与玉莹初恋时的两地情书,浪漫炽热直追《爱眉小札》。我们年轻时总有一个相当霸道的断论——以为中老年人已经没有也不需要浪漫式的爱情了,这完全是年轻人的谬误。李欧梵对李玉莹爆发恋情时,已年近六十,他自称是"后中年"(late middle age),我觉得这个算法极好,把哀乐中年无限延长,以免提早进入老境的尴尬。在这些信札中,欧梵与玉莹互吐衷曲,完全真情毕露,到达忘我忘情,也忘记了岁月的地步,只剩下一片大真。后来几卷记录他们夫妻鹣鲽情深、画眉之乐也是如此,你侬我侬,忒煞多情,完全把社会习俗抛到九霄云外。两人如此"纵情",我想就是因为欧梵与玉莹知道自己已不年轻,爱情婚姻的幸福要经过这么多折磨拖延到"后中年"才姗姗来迟,所以他们珍惜眼前每一刻迟来的幸福,恨不得将过去失落的岁月在一天内通通弥补起来。了解欧梵玉莹夫妇这份曾经沧海除却巫山的情怀，读他们这部"浮生六记"才会感到"其情可悯"。他们不惜将自己的私情公之于世，我想他们是心怀悲悯的：

　　　　愿天下有情人都成了眷属
　　　　是前生注定事莫错过姻缘

　　这是《老残游记》的结语，恐怕也是欧梵玉莹对人生的体悟，对天下有情人的祝福，因为他们自己就是榜样。

　　然而人生幸福，往往也会遭天妒。欧梵与玉莹结婚才半年，两人正沉醉在新婚的美满中，玉莹的宿疾抑郁症（depression）突然发作，而且持续半年之久。《细味：关于食物的往事追忆》有一章"抑郁记愁"就是详细记载欧梵与玉莹夫妻共渡患难、奋力抗郁的艰辛过程。这一章写得最感人。

　　抑郁症遍及世界，医学界至今还未能完全说清楚其病因，亦没有特效药可根治，是一种生理心理连锁反应极其复杂棘手的疾病，而且其来去无踪，病发时病人如着心魔，完全不由自主，其痛苦如下地狱，重者走上自杀之途。玉莹勇敢面对自己的创痛，不仅把得病经过巨细无遗记载下来，而且把她努力克服病魔的来龙去脉、所用的方法、所服的药单也写出来，她存菩萨心，希望其他患者也能汲取她的经验教训。玉莹抑郁症的病史可不轻，十年内四度发作，而且最严重那一年曾四次轻生，幸亏上天保佑，存活下来，她凭着毅力韧性，每次总能把病魔逼退。在剑桥哈佛病发那次，十分严重，吃药、看心理医生，饱经折腾，效用不大，夫妻两人经常急得相对哭泣。欧梵看着爱妻受尽煎熬而束手无策，自是痛彻肺腑。当然，经过这场患难与共的考验，两人也就更加相依为命了。但我觉得玉莹这次发病并非无故，恐怕还牵动着更深一层因缘，影响到她和欧梵的后半生。

　　暑假欧梵与玉莹回到了香港，既然西医药石罔效，玉莹经友人介绍便去看了一位张姓中医，谁知玉莹与这位女医生竟有医缘，服药几天，她的病霍然而愈，而且还经女医生的引导，玉莹进了佛门。玉莹本是基督徒，一向与佛无缘，然而时机到了，她才忽然彻悟："人生无常，亲情可贵，珍惜眼前人，凡事用平常心对待，不要执着。"如此一来，玉莹便从忧郁苦海中豁然解脱，与欧梵同参证果。欧梵与玉莹结婚时余英时先生赠诗一首，开头两句嵌着欧梵的名字："欧风美雨几经年，一笑拈花出梵天。"余先生独具慧眼，早已看出欧梵已是佛门弟子，他的命名已经注定。人的命运真是不可预测，我记得在台大一年级上"国文"课，叶庆炳先生点名点到李欧梵，半开玩笑说道："你的名字很特别，是欧洲菩萨的意思。"大家一笑而过，没想到却应到将来。每天晚上睡觉之前，玉莹会打开医生送她的小录音盒，一遍又一遍咏诵着"南无阿弥陀佛"，两人听之入睡，百念俱消。是因玉莹之故，欧梵终于听到了"梵音"，他也终于有所领悟，玉莹与他今生结夫妻缘原来是来引渡他，共赴彼岸。现在他们请来了一尊观音像，放在客厅的高台上，"有了观音的保佑，玉莹和我在不知不觉中修炼出一片菩萨心肠"。欧梵最后在《一起看海的日子》中如此虔诚地写道。

　　李义山的诗沉郁哀艳，独步晚唐，"夕阳无限好，只是近黄昏"遂成千古绝唱，但良辰美景如此无可挽回，不免悲怆。他入幕桂林时另外写下的两句诗"天意怜幽草，人间重晚晴"到底温婉得多，今谨以义山诗祝福欧梵玉莹白首偕老，举案齐眉。人间晚晴，天意怜之。

2002 年 6 月 12 日

芸，我想，是中国文学上一个最可爱的女人……她只是我们有时在朋友家中遇见的有风韵的丽人，因与其夫伉俪情笃令人尽绝倾慕之念，我们只觉得世上有这样的女人是一件可喜的事，只顾认她是朋友之妻，可以出入其家，可以不邀自来和她夫妇吃中饭。

重看沈三白的《浮生六记》，翻开书本第一页就看到林语堂序中的这几句话。非但于我心有戚戚焉，而且竟然觉得这应该是我的"夫子自道"。林语堂对芸娘的看法是一厢情愿的臆想，而我呢，却认为句句真实，只需把"芸"换成"莹"就行了。

我第一次见到玉莹的感觉就是"在朋友家中遇见的有风韵的丽人，因与其夫伉俪情笃令人尽绝倾慕之念"，我当时——在芝加哥大学任教——只觉得世上有这样的女人是一件可喜的事，因为可喜，所以当我被邀到她家作客时，心情特别愉快，而这种愉快的心情也非因我"情有独钟"所致，不少在芝大念书的同学——现在大多仍是他们的朋友——到她家吃饭时恐怕都有类似的感觉。他们家常常在周末大开饭局，普度众生，尤以香港来的学生最受优待。我虽然年龄虚长十数岁（她夫妇称我为师兄），但在精神上早已和这些年轻学子打成一片,甚至久而久之,变成熟朋友之后,我真的是"只顾认她是朋友之妻,可以出入其家",甚至可以不邀自来和她夫妇吃晚饭,最后干脆毛遂自荐,每周两三次到她家搭伙,反正当时我是光棍一个,又是她夫妇的师兄,所以出入其家"食"之际,竟然也逐渐口无忌惮起来,吃饭的时候大吹大擂,上自国家大事,下至风花雪月,无所不谈,甚至故意炫耀我的"黄老之术"——添油加醋地讲起黄色笑话来了。记得玉莹当时非但不以为忤,而且往往开怀大笑,而其夫则颇正人君子,每每浅笑即止,所以每次到他们家吃晚饭,我都可以洗却一天的疲劳,心情轻松得可以任意翱翔于五湖四海——当然早已忘记了自己在芝加哥湖畔居所中的孤寂和冷清。至于玉莹的厨艺之得心应手,当然更不在话下。

后来玉莹看我太过不修边幅,家里弄得乱七八糟,干脆"越俎代庖"为我清扫房子,并以我所付的微薄酬金接济家用。我在芝加哥八年,至少有一半时间是和她夫妇"相依为命"的,多年来我的感激之情自非笔墨能形容,因为这种感激来自日常生活,没有曲折离奇的情节,也没有惊天动地的激情,只能用最普通的日常语言来形容。多年来我和他们夫妇不无"促膝畅谈书画文学"的机会,但更多的时间还是在闲话家常,而这种"闲情"也日积月累,成为我精神生活的一部分。我们数十年来的友情也是时断时续,细水长流。他们在 1988 年双双返港,我也在前一年终于结婚,双方音讯断了四五年,待我再次在香港见到他们的时候,他们已经分居,时过境迁,令人怅然,而我顾念前情,也曾屡次劝他们重修旧好,但已经覆水难收。所谓家家有本难念的经,我虽身为挚友兼师兄,但也爱莫能助。再过几年,我自己的婚姻也悄然终结。

　　我和玉莹虽然同病相怜已久，但是从未单独见面。我每次来港，必会约他们夫妇吃饭，我也只顾认她是朋友之妻，只觉得他们伉俪之情不会消失，当然我也"尽绝倾慕之念"。不过，正如林语堂所说，我在玉莹身上"似乎看见这样贤达的美德特别齐全，一生中不可多得"，至于是什么样的美德，我当时也说不出来，只是有时心中偶有一股"歪念"：谁不愿意和她结为夫妇？

　　我终于在一生甲子之年和玉莹结为夫妇，这只能说是缘分。我们都姓李，我也曾戏称五百年前我们本是一家，如果属实的话，我也只能解为姻缘前世已订，却要我们在今世活了大半辈子才终于认清彼此。如照现代人的说法，人生一切都和"逢时"或"不逢时"有关：在某一个时候只能有某种关系，而所谓"水到渠成"也是时间的赐予，时间真像一溪流水，源远流长，它有无数转折，但永不会枯竭。我和玉莹的感情，既是时间所造成，所以也觉得特别深厚，时间是无尽头的，所以我们的感情也绝不会有枯竭之日。就以最寻常的观念来说：普通人二三十岁结婚，到我们这个年龄即使不子孙满堂，至少也是"老夫老妻"了吧，生活随时日的流转而逐渐变成俗套，其意义可能随子女的将来而转移。而我和玉莹反而感到时不我与，禁不住要弥补已逝的时间，虽然年华已逝，但也愈觉"现在"的珍贵，这是一种很自然的感觉。我们多年来建立的感情本源自日常生活，所以也表现在我们日常生活的情趣中。

　　因此我想重读《浮生六记》，因为这记述了一对夫妇在日常生活中的感情。自从林语堂为之作序，奉为经典之后，不知道有多少痴男怨女为之倾倒。但我三十年前初看此书，并不觉得芸娘有什么好，也许当时自己年少气盛，正在追求徐志摩式的爱情，当然更不想草草结婚,生怕败坏了我一向向往的浪漫情操。此次重读,又觉得书中所写的乐趣太少了,只写了两卷——"闺房记乐"和"闲情记趣",就"坎坷记愁"起来,终至于遭父母放逐,穷困潦倒,而芸娘又英年早逝,更不是我愿意接受的结局。俗话常谓红颜薄命,但为什么悲剧都和女人有关?沈三白等到芸娘已逝之后才圆养生之道,是否为时已晚?又有什么意义?他在此书最后一章中说:"然情必有所寄;不如寄其情于卉木,不如寄其情于书画,与对艳妆美人何异?可省许多烦恼。"此言差矣,只不过他的"美人"已逝,只好退而求其次,故作文人之状而已。我和玉莹婚后的第一件事就是养生!其实早在我们开始单独交往的时候,她就默默地担负了为我养生的责任,半年之内竟然把我自己任意糟蹋的身体复原过来,所以我们在此一反《浮生六记》之道而行,正因为我们更珍惜安乐。林语堂说:"在未得安乐的人,求之而不可得,在已得安乐之人,又不知其来之所自。"我认为他只说对了一半,至少我非常清楚,和我的"莹娘"一起生活的安乐其来有自,而这种安乐是经过多年来的感情经验以后得来的,也可以说得来不易,更值得珍惜,这是我们"养生之道"的第一要义。

　　这本小书,表面上似乎在追溯沈三白的《浮生六记》,但在内容上当然大异其趣。我和玉莹都嗜爱中国文学,虽有怀古的幽思,但都自觉是现代人,沈三白书中所描述的乐趣和忧愁,我们只能同情,却不能重蹈覆辙。也许,玉莹和我仍有一点浪漫余情,所以也不承认在这个所谓"后现代"的时代中,人生只有欲望而没有爱情,只不过我们必须把爱情重新定义,把它作为"安乐"的先决条件。然而我年过半百之后,当然也早已超越了徐志摩式的盲目理想,事实上,徐志摩和陆小曼结婚后生活并不愉快,如果他不是坠机而死的话,说不定还要再离婚一次,即使他和林徽因结为夫妇,也不见得比梁思成和林徽因的生活更幸福。林语堂说"知足常乐"是中国文化的最大特色,但徐志摩毕竟是五四时代的人,他当然反传统,当然不会知足。我在前半生一意追求徐志摩的爱情理想,所以也不知足。如果以《浮生六记》为典范,我们只能说沈三白和芸娘之所以能知足,是因为两人早已个性相合,没有经过恋爱或追求爱情的过程,这在传统文化和文学中容易得到,而在错综复杂的现代社会中是很难寻求的。《浮生六记》中所描述的"知足常乐"也是从夫妻的日常生活中得来,没有生活,何言乐趣? 我反省自己前半生,却觉得自己根本不知道生活为何事,只在爱情和事业的两极中作奋力不懈的殊死搏斗,眼看别人个个成家立业,我却不自觉地反其道而行——先立业后成家,而中年成家以后又因经验不足而失败。所以余英时先生听到我和玉莹结婚的消息后,说了一句妙语:我终于"修成正果"——所谓正果,当然不是指佛家的超越凡尘或看透俗世,而是恰得其反,是说我终于"修"到常人所经历的婚姻生活。这种生活,对别人可能早已司空见惯,但对我而言还是很新鲜,而玉莹的感觉也是如此,她甚至还在床头放了一个笔记本,随时记下我们之间一些生活上的"情"和"趣"。积少成多,这才引动了我们合写一本小书的念头,不但为我们所珍惜的生活留点记录,也可以以此告慰友朋的关心,甚至可以使部分不相识的读者莞尔一笑或感受一点温暖,我们就于愿已足了。

　　本书的各部分是自然串联而成的,我本想写一个浮生七记或八记,但又觉得掠古人之美,有自鸣得意之嫌,不如以杂乱无章的"散文"形式写出来,并故意在"理论"上混淆家庭和公共的领域,不假公济私,也不以私为公,我甚至鼓励玉莹把她多年来自创的食谱和养生秘诀也放在里面（当然她写不完的话也可以单独再出一本书），增加一点实际效果。也许，这本书可以开创一个"多声体"的新形式，以便雅俗共赏，那将是我们享有的最大乐趣。

卷
一

两
地
记
情

　　去爱一个人是很好的感觉,倒空了自己才可以有空间去享受别人给你的爱,爱心是越付出越多的。

　　这句话,是玉莹从香港到新加坡来看我的时候,在飞机上写给她的一位女性朋友信中的一段,她一下飞机,就把刚写完的信给我看,我一时十分感动,就把信留下来了,至今没有寄出。

　　我觉得这封信是玉莹的"爱的宣言",也成了我们以后共同生活的座右铭,倒空一切之后,剩下的只有赤裸裸的真心,有了真心才有资格接受对方的爱。

　　1999 年, 20 世纪末,我不自觉地爱上了玉莹,就是因为感受到了她的真心和真性情:她非但是性情中人,而且在人到中年以后仍然真得令人直觉地想保护她。这不仅是我个人的感觉,她的很多朋友——不论男女——都与我同感。记得当我告诉一位同事——也是玉莹多年不见的好友——我们相好的事,她的第一句反应就是："She is the most genuine person I know."(她是我所认识的最纯真的人。)我们决定把这一束情书斗胆发表,献给有心的朋友和读者,就是为了这个"真"字。和玉莹的信相较之下,我实在差得很远,我的信表现的当然也是真情,但在字里行间还是有点自我中心,不像玉莹那样"倒空自己",赤裸裸地把自己的感情很自然地全部流露出来!对我而言,现代人——特别是像我这样的所谓"知识分子"——城府自深,已经无法在尘世中崭露自我。(而我所写的小说《范柳原忏情录》中的自我当然也是假造的。)这种真性情,我叫作 Innocence,首字母故意大写,把它和"世故"对立。上了年纪的人,似乎越老越世故,而过了中年还能保持真性情的人实在太少了!

　　玉莹从来没有写过任何文章发表,她的文字很纯朴,未必及得上"职业"水准,更无心出风头,制造公众形象。正如她信中所说,她宁愿做一个"背后的女人",默默支持丈夫,不要任何"知名度"。就现在的眼光看来,这是一种相当过时的保守态度,正因为如此,我才觉得更有必要存真——把她自己的声音崭露出来,否则她真的变成了我"背后的女人",而失去了她的"主体性"。我对玉莹一向只有一个要求——做她自己!这些信中的语言都是她的,风格和我迥然不同,甚至内中还常有些许广东话的语气,因为她久居香港,很少有机会说普通话,她文字中的情韵,不是得自口语就是古文,我读来反而觉得更具感情上的"张力"。所以,为了存真起见,字句极少更动,仅把真正涉及我俩隐私的段落删去而已。

　　不过,个人的感情私事,如此抛头露面地"公"布出来,是否仍嫌不当?这个问题,我和玉莹考虑再三,甚至还征询过几位老友——

包括白先勇——的意见,他们都主张发表,有人甚至还提到鲁迅的"两地书",作为先例。鲁迅的"两地书"是他和许广平合写的,内中不乏鲁迅自剖的例子,但许广平的信反而相形逊色,因为他们的师生地位本来就不平等。而我们的信,倒确是"两地书"——最早的一封,是1998年玉莹从香港写给我的,寄到美国剑桥,我的回信已经遗失。我时常回香港,每次返港也都见到她,但很少通信,直到1999年6月底我们两人单独在香港重逢,约会了三次就擦出感情的火化,但是我又匆匆赶回美国去侍候年迈的母亲。此后我们的信才多了起来,又觉邮寄太慢,所以用的是传真;又觉传真不足,还打电话,回想起来我不禁要感谢现代媒体科技的发达(但玉莹不识用电脑,所以不用电子邮件,我也更喜欢看她传过来手写的真迹)。后来我在7月中到新加坡去讲学一个月,她从香港两次飞来看我,又写了不少信。8月底我到香港和她小聚不到一个月,又要飞返剑桥开学上课,两地相隔,又通起信来,但到了这个第三阶段,我们已经私订终身了,所以信中的语气又有不同。

　　我们的"两地书"与鲁迅和许广平的"两地书"有另一个显著的不同:我们谈的都是儿女私情和对日后婚姻生活的憧憬,从来不谈人生的大道理,她也不向我请教任何大问题。所以,严格地说,没有什么思想价值;而且当这种私情公开以后,会更容易被误解,甚至为某些有"窥私欲"的读者提供廉价的材料。然而,我们仍有些许发表私函的理由:在这个后现代的社会里,感情究系何物似乎已经不受重视,甚至毫无意义。畅销书可以把感情包装成商品出售,以假乱真,可以令这种商品(与化妆品差不多)的制造者名利双收。对我俩来说,这未免太过势利了;诚然,我们的书信出版后也自然会变成商品,但至少没有经过虚伪的包装,是一段真实的纪录,主要的目的还是为这个"大时代"提供一个小小的证言,所以我们特别重视它的真实性和"日常性"。当然,是否有说服力,只能由读者自己来决定。

（一）

1998年9月22日—11月18日

香港—剑桥

师兄：

你近日好吗？9月可曾来过香港？

我仍在心情欠佳之下生活，每天都觉得很无聊，但活着就得生活，很多时候很想寻到生命的意义，但却很难在现阶段找到。昨天到中大见我的 Psychotherapist，他对我现况作了一个彻底的分析，似乎我的感情死结很不易解开。婚姻失败，我似乎仍未有勇气面对，所以生活失去目标。我一天不肯放下对文正的感情包袱，那么情绪的抑郁将会作循环式的发生，我想这是事实，但我一直拒绝承认，我这人对感情看得太紧了。

师兄！如果有一天我可以完全脱离这种感情困扰，那我就可以真正开心了，那时候我可以到哈佛来探你，你可以介绍一位男性朋友给我认识。

师兄！你那天跟我谈天，我真切地感到你对我的关注，有如亲人般的亲切，谢谢你！你的小说我已看过了，很浪漫很感人，你还需继续创作下去，我支持你，你日常饮食得小心啊！

祝　健康愉快

师妹

九八·九·廿二

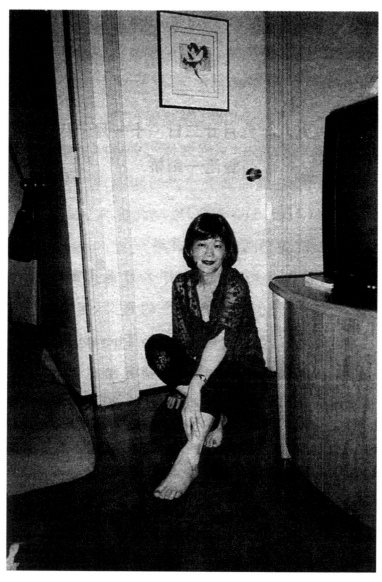

1998 年摄于沙田家中

师兄：

您好？很高兴收到你的回信,我最近都有看你的专栏（在《信报》的）,最有趣的是那篇有关死亡之前的仪式,你理想中的死前葬礼很有趣,是个音乐迷的狂想。

近日我的心情稍有好转,但仍需服药,但减了药,希望在不久的将来可以不用再吃药就好了。

最近我还有见中大的心理教授,效果似乎不大,他给我的提议都是我多年来知道的问题,而仍然未解决的,要完全放下跟文正的千丝万缕的感情关系似乎很难,我很想做得到,但却又没有真正立下心志去做。你说介绍男朋友给我认识,我想都是很难的事,要接受一个人真不容易,况且我年纪都有一把了,别人挑我,我也选别人,真是困难啊！可是,说真的,很多时间又颇想有人疼爱自己,即感情上有个归宿,但受过伤害之后,又很害怕再受伤害。

师兄,你的情况又如何？心情还好吧！好好保重！少吃些高脂肪的食物,总觉得你不应喝啤酒。你圣诞来又可聚一下了,到时见！

祝好

师妹
九八·十一·十八

（二）

1999 年 6 月 24 日—7 月 15 日

香港—剑桥

师兄：

　　写这封信是在你离港前，你收信是于返美后，今夜用膳后喝的一杯咖啡误了事，我整夜失眠了，幸好第二天你见不到我憔悴的脸容，不然，你一定叹我女人味大减。

　　你好吗？每天下厨事亲的滋味如何？希望你烧的菜味道还不太难尝吧！其实是个好机会聊表孝意，也顺道练习一下厨艺，得益还是自己。

　　今夜睡不着，想到一些问题，我们借着这顿饭的相聚时间而令友情突飞猛进，令人确信缘分的奇妙。很感谢你给我带来这几天的愉快时光。你对我的欣赏及称赞，我的自我形象由此提升不少，我希望以后会流露更多女性魅力，但不知是福抑或是祸呢？

　　师兄，你返美后有思念我吗？我知道你一定会记得我这春意撩人的小师妹，是吗？我也有想念你的时刻；多一分思念，多一分浪漫的感觉，就让这份浪漫的感觉推动我们过日子吧！刚喝了一杯暖牛奶，希望可以寻梦去；寻找我们相对谈天的乐趣。就此打住，再谈。

　　祝　你好

师妹

六月廿四日凌晨 3:40

师妹：

一路上没有睡，现在到了旧金山，有点倦了。

香港有了你带给我意外的喜悦，也令我对于将来略感惆怅，怕好事多磨，也怕面对今后这两个礼拜的生活，我母亲每天只是睡和吃，也没有太多话说，人老了怎么会变成这样？但愿我将来不是如此。

我对你的感情是长远的，过去是如此（大概压抑了），将来也是如此，但愿缘分也如此长远。至少现在我们都很高兴，我心中的温暖，是无法用笔墨形容的。

写了一页，觉得不对劲，匆匆给你打了一个电话，铃响了几声，没有人接，想是你睡了，我到了剑桥以后再给你打电话。不知道为什么，我这个人最不喜欢打电话，但又那么想给你打电话，真是矛盾。

我的心很乱，好久没有这种感觉了，我珍视过去这几天我们在一起的乐趣和温馨。

愿多保重，希望很快收到你的信。

欧梵

在 S.F. 机场 六·廿五

清晨九时（香港时间午夜一时）

师兄：

你走了，我有点舍不得，你临行没有回头看我，是否也很舍不得我呢？说真的，过去几天我真的很开心，虽然我们只是短短几天的沟通，你对我的了解，对我的欣赏，使我着实深受感动。

你说得对，我是拉得太紧了，因为我怕受伤害，我是个敏感而脆弱的女子，却用另一个外表来包着自己，保护着自己，久而久之叫自己也分不清楚需要什么，除了眼神偶尔出卖了自己，也是心思细密如你才可以窥见一二。我很善于隐藏真我，喜悦的面容后面是抑郁的心境，如果你不是如我也有个敏感的灵魂，是很难看得透我的，所以我会深受你感动，因为你用心来了解我，我碰到一个知心的人，所谓人之相识贵乎相知，故有云："士为知己者死，女为悦己者容。"你对我之相知，我要以真情待你。

记得你曾多次对我说："最重要的是令自己开心，做回自己。"可见你真正关心我。因为如果我做一些令自己开心的事，你未必会开心，例如我交了很多个男朋友而开心，你不一定开心，但你仍然鼓励我多交男友，可见你是真心待我好，师兄，我感谢你的支持及鼓励。I am very happy because I have a very good friend!

上次寄给你的信收到否？我很喜欢写信也喜欢收信，尤其你的信。

请珍重。今天烧什么菜孝敬你的妈妈呢？豆腐煮肉丝也不错吧！

祝好

子凝

九九·六·五

P.S. 子凝是我的一位中文老师给我起的，我很喜欢这个名字。

师兄：

我们这几天真是有点疯狂，一天到晚讲电话，好像一对热恋中的少男少女，这也是件好事，证明我俩还存有童真。师兄，说来你的幽默感令我倾心，我这人历来对事情都很执着，尤其对感情，所以弄得自己焦头烂额。如果能够以轻松的态度对待，我想会好过些，自从跟你"生电"后，这几天的开怀大笑次数比过去十年还多，很感谢你！

我是个不太会幻想的人，或者更贴切点说，我不敢幻想太多。小时候很喜欢幻想，但慢慢觉得幻想很难成真，加上后来婚姻的不愉快，更令我心如槁木。这几天跟你谈天后，发觉我那个灵巧活泼的自我又再重现眼前，我喜欢现在的我。

我从来就爱把心事埋在心底，轻易不向人倾诉，以致患上抑郁症。直至去年，我又得了抑郁症之后，很想做些事让自己好起来，于是着手勉力锻炼身体，注意营养，修饰仪容，更重要的是找一两个可信赖的友人谈心事。在家白天让自己哭半小时，让不快的情绪随着泪水流走，当然看书及听音乐也很有帮助，如此勉力而为一年，成绩出来了，抑郁情绪自减，我也挺佩服自己的耐力。

我们最近的投缘说来很是神奇，从来没想过有这样的一天，你我相隔十万八千里，如果不是缘分，那怎可能发生？很多年前我不信命运，自从1993—1995年多次自杀不遂，劫后余生，不由不信命运是注定的。现在回想起来只得心存感激，今天仍然活着，而且活得颇好，说不定将来会更好哩！

师兄！跟你谈天我学得很多，你的思维练达，叫我这多愁善感的小女子也受感染。孔子曰："三人行，必有我师焉。"很多方面你都可以当我的老师，以后我跟你学习的东西多着哩！你愿意教我这个愚昧的学生吗？

很想给你致电，很想你亲我的颈项，你说我的颈很美，颀长而皮肤白，很诱人，对吗？我觉得你会是温柔的人。

纸短情长，就此打住。

祝好

师妹
九九·六·廿八

师妹：

不要担心将来，先要现在快乐，我听到你在电话里缠绵的声音，差一点不能自持，要不是母亲在身旁，真是要即刻飞返香港！！

赶快买个 fax 机，这样写信勿得，远水救不了近火，你的信也许明天会收到？

九九·六·廿八

我的他：

谢谢情深的慰藉，我俩真正是未曾真个已销魂。

套用一句词："换我心，为你心，始知相忆深。"可以作为现今心情的写照。思念一个人是件痛苦的事，但也是很浪漫的，因为你晓得在天之涯海之角,有个想念你的人实在是件开心事,就让这种浪漫的感觉持续下去。师兄,你认为可以吗?寄上两帧照片给你,想我时,看看也好,一帧是上次去美国时拍的,另一张于去年夏天摄下,希望你都喜欢。晚了,我得试着睡觉,在梦中见着你。

你的她

九九·六·廿九

莹莹:

　　你的信我看了几遍,心中甜味十足……

　　我是一个很西化的人,但人越老越想回归中国古典的情趣,你用的诗词使我幻想你是一个古典美人,我枯旱已久,需要滋润,渴望着有一种中国式的夫妇之情(外加西洋式的 passion),但也有点担心怕现实及思想上的距离会带来一些问题(我太浪漫,但也太过"先天下之忧而忧")。然而,我一辈子也没有感觉到如此的轻松,如此的 sensual,如此的自然, at ease,这都是好兆头,但愿在今后的几个月中我们有足够的机会相聚。我太需要温暖了,我每晚抱着你进入梦乡,让我感觉到我拥有的是一个活生生的女人,爱我的女人……精神上我也许喜欢孤独,但肉体上我不喜欢一个人。

　　玉莹第一次送给欧梵的照片说不完也写不完,但有时文字也是徒然的。今夜我还会拥着你、亲着你入梦。

九九·六·廿九

师妹：

今天收到你的信和两张照片，真是秀色可餐，头发真漂亮，化妆浓了一点，而你的那双脚⋯⋯令我想入非非。你穿的两件衣裳都香艳迷人，是谁照的？

这两张照片，已经放在我书房桌前。

师妹：

正要给你写信，你就打电话来了。

我告诉你我的一个幻想：我好想同你生活，恨不得你可以在这里，和我一同做饭，一齐吃、谈天、做爱、到后花园去浇花；到欧洲、泰国、马来西亚、新加坡，到天涯海角去旅行（但需要住好的旅馆，床和浴室要大，像 Grand Hyatt 一样）⋯⋯就我们两个人，我不要其他朋友加入。

我好久没有这种幻想了。我们在一起好高兴，可以讲笑，沟通得那么容易，我觉得是一个不大不小的奇迹，而且也是事前料想不到的。

我需要日常生活上的体贴和温存——这个需求大于一切，因为我好久没有这种感觉了。有时候我有点忧虑，怕发展太快了，以后会有问题，但是什么问题呢？想来想去，想不出会有什么大不了的问题。

你能今生今世做我的伴侣吗？不是情人，是伴侣。我有极好的朋友，但此生还没有找到可以信赖的伴侣——极好的伴侣。朋友之交

玉莹第一次送给欧梵的照片

淡如水,伴侣之交如胶似漆,两个人不说话都能自然地沟通,电永远充实,很多话尽在不言中——我这个理想太理想了吗?

欧梵

六·廿九夜

欧梵哥:

　　我们都在患相思病,滋味是甜是苦,我分不清楚,过去相思的滋味是苦多于甜,而且没有美丽的憧憬……但我和你则不同了,我们还没有在一起生活的经验,已经有很多想法,古人形容夫妇两人生活的词句我都想到了,什么夫唱妇随,什么如影随形,什么鹣鲽情深,什么鱼水之欢,什么画眉之乐,什么红袖添香。我想大家可以自然地生活,愉快地分享彼此的喜与忧,已经很好。昨天你要我轻松地生活,让自己开心起来,有时我真想:"This is too good to be true!"我真的可以从此幸福起来吗?有时有种患得患失的感觉。我向你如此表白真感觉,你是否觉得我有失女性的矜持?

莹妹:

　　刚收到你的 fax,也很感动。我们电话中讲了许多,现在该用文字交谈了。

　　无论将来如何,我和你的感情是自然的、正常的,莹莹如明镜,照见你我的真心,请切记。我不敢说一辈子的话,我只有用实践来证明——也来检验我们的真理,我们必须在一起生活一段时间,逐渐熟悉彼此的环境,见见彼此的朋友,慢慢来,急不得。

1998 年到泰国旅行

在香港置地广场

我六十岁了,也需要一个人疼我、亲我、照顾我,分享我的一切——从这一方面而言,你是我的"小女子",我的女人,我不会把你当作一个身体,而把你当作一个完整的女人,我们来日方长。

我们都要把身心洗干净,等待未来。

欧梵哥:

我已经起床了,昨夜睡了六个小时,是多日来睡得最多的一夜。昨夜你在电话中对我说的话,很令我感动,你当时看不见,我哭了—把事情都告诉你,心中坦然,人也轻松了不少。

你昨夜的话,有点像爱的宣言,你在向我保证:愿意爱我一辈子,保护我一生,是如此的情深义重。我该如何报答你呢?在我一生中从未感到如此踏实过,以后不需要装强,只需做回自己。我本来就是个弱女子,从今绮罗有托,而且托的是乔木呀!我真是个幸福的人。我也会以真心待你,关怀你,照顾你,爱你一辈子。

恨不得马上来到你身边,跟你分享生活的苦与乐,我们都不再寂寞。

欧梵:

再寄上照片数帧,聊慰你相思之苦。其中的一张泳照是去年年底到泰国布吉拍的。另外一张则在家摄得。照片中的我是否很胖呢?你可喜欢那把长发?我觉得长发形象是纯情中见风情,很矛盾吧?

那天我送你到机场,你故意不回头看我,你说怕儿女情长,回过头来就不想走了,我现在也要收笔了,就怕纸短情长,再写下去我赶不及上班了。

祝好

玉莹

莹莹:

我瞪着你的照片看很多遍,好像看到几个不同的人,又和我在电话中听到的人不同,我有点迷糊了——意乱情迷!真想马上见到你,看个真相。我记忆中的你,都比照片中还漂亮,你现在是你一生中最"靓"的时候,因为你的生活丰满多了,正像你人丰满一样,你是一朵花,在爱情的灌溉下,真是开得花枝招展,我恨不得马上拥着你,用我的吻再浇出更多的花来。

我太矛盾了,一方面想和你打电话,一方面又觉得事情太多,时间不够,今后我们的生活可能亦有这一方面,但我还是时时想着你。

莹妹:

我们如此下去,如何是好!然而,我们彼此的需要又如此强烈,真不知怎样办,好在我们有的是时间。相思虽苦,但知道有人思念你,也是一种快乐。

不知如何,你说到你的前夫心情不好,我就有一个冲动想写一封信给他,下面的信请你暂时收起,必要的时候再给他看,好吗?

我这个人虽浪漫,但一向还算理智。不知道这几天被什么冲昏了头——谁?你知道吗? ——非但意乱情迷,而且对什么事都不管了,

1996 年摄于泰国布吉

1999 年摄于芝大玉莹宿舍门前

每天只想和你在一起,好像有做不完的事,说不完的话。《浮生六记》中沈三白和芸娘太恬淡了一些,没有激情,我们有,但要好好把这股激情保持下来,慢慢消受,也许真可以消受一辈子。真想日夜和你温存!我要弥补失去的好时光。

梵

七·五夜

欧梵哥哥:

　　昨夜你在电话中的语气很肯定,我有点感到惊讶,看来你对我们的事真是十分认真的。我这人想得不多,全靠感觉行事待人,这是我的一大缺点,幸好我的运气不差,碰上的都是好人,不然倒要吃大亏了。碰上你就是我的福气,因为你的至诚令我感动,我不期对你日生依恋之情,每天想你三千六百次,到达无可救药的地步。想到以后我睡觉时会被你凝视着、亲着,我即刻感到兴奋情迷。这样情深的凝视,只可能发生在电影中,很浪漫。梵哥,我少女时期对爱情有很多幻想,但婚后都不曾发生,想不到如今到了近不惑之年却可以梦境成真,我真的感激你。中国人从来不爱把"我爱你"三字宣之于口,此时此刻,我要告诉你,"梵哥,我爱你",如果你突然来个电话跟我说这句话,我会乐上大半天。

莹妹

九九·七·七

莹莹:

　　刚才小睡几分钟醒来,本来想到办公室工作,但又懒洋洋的不想去，遂把你所有的信拿来再看了一遍，心中遂又有踏实的感觉。我是一个"知识分子"，所以思想上矛盾很多，常常理智与感情和感觉交战，但每次看到你的信，我的感情就又战胜了一次，心中的快乐又增加了一点。我也是一个患得患失的人，因为我过去的婚姻也不愉快，所以有点怕自己是否又这么快一头栽进另一场婚姻之中，想你是了解的。

然而，清晨、午后，甚至午夜醒来，我心中拥有你的感觉是那么真实，正如我们电话中的情话缠绵一样——真可以消受一辈子。不知有多少次我回味我们相见的那三个晚上，真是那么神奇，美妙，不可思议！你到新加坡见到我会怎么样？在机场就一头栽到我怀里？但旁边可能还有其他人呢，但到了我房里后，我们就可以 relax，先冲冲凉，闲话家常一番，你飞几个小时累吗？……说着说着，我不知不觉走近了你，凝视着你的眼睛，久久不放，我拥你入怀，闻到你的发香，轻吻你的颈，又把你的脸扳过来……幻想，我就是幻想太多了。

梵

七·七午夜

梵哥哥：

昨夜我又任性行事了，原来我们又谈了一个半钟头的电话，为什么我们总有说不完的话？

我告诉你我的星座是双鱼座，双鱼座的人性格如何？跟白羊座相配吗？以我所知白羊座的人（我对你的观察），性格刚强，积极进取，处事不易放弃，重情义，做事有原则，有时易冲动，凡事却又可以谨慎处理，感情丰富而浪漫，是个堂堂正正的大丈夫，可以做个好情人，也可以成为好丈夫，当然要有伯乐赏识！我说得对吗？

我今天即订廿二日去新加坡的机票,梵哥,我再也等不及要见你,相思滋味受够了,你说得对,我们应争取相处的日子。梵哥:我要叫你千遍万遍,心摇神荡,叫得你心花开遍!这种"靡靡"之音,叫你废寝忘食,无心事业,终日想着跟我享受闺房之乐,我就成为迷惑你的狐狸精,连你这个狐狸洞主也受不了。

玺玺:

刚写一信要 fax 给你,就收到你一信,又感动一次,以后我们还是节制一点,见面时更有激情,反正还只剩下两个礼拜了。

其实你最令我倾心的就是你的纯真和热情,我一辈子还没有碰到这样的女子!你绝非不学无术,而是有德有能,你现在已经给我许多,将来会更多,我有福了!

梵
七·十深夜一时半

大傻瓜:

昨天没有通电话,好像经历了一个世纪的时间,我十时半就上床,凌晨四时三十分醒了,很想给你致电,但想到我俩的协议,只好作罢!于是懒在床上不起来,迷糊中看到你躺在我旁边,我心安定下来,又再进入梦乡了。

从来知识分子就有种以天下为己任的抱负,我才疏学浅,也不是知识分子,故我的抱负不大。二十多岁的我,初跟文正谈恋爱,他那时的志气可大呐!又想当大使啦,又想当大学教授啦,那时我就是喜欢他有远大志向，就慨然答应在背后支持他，我觉得女人的成就就是支持她丈夫的事业，令他无后顾之忧。结果二十年来是做得不错，奈何在其他方面却不能满足他的要求，我想是失败了。

你的事业颇成功，所谓力争上游，以后你还该继续努力，对吗？我愿意做你背后的女人，支持你的一切，先把你的身体调理好，也来滋润你精神上的需要。虽然我才疏学浅，但我会继续学习吸收知识，以期跟你同步成长，才可以做到夫唱妇随（虽然我们还不是夫妇）。

莹莹小傻蛋：

看了你的信，我真是感动，我哪世修来的福气，会找到像你这样好的女人，现在是女权至上，有你这种想法的女人越来越少了！"无后顾之忧"，有的女人还要我支持她，在她背后才算公平呢！我一生从来不想做大事，却自认做了不少小事，在学术上，在文化上，我自认服务人群，也帮助不少人，特别是知识分子。今后我只想有一个快乐的家！此次我妹妹和妹夫来，还有我的德国的前 brother-in-law，人真好，大家谈得很高兴，我又觉得自己真有福气。今后，只要我们相处得好，我一定会使你快乐的，不会贪得无厌，因为我的要求少。除了自己的一些弱点（譬如我会为思考问题分心，或顾虑太多）要请接受之外，我会是一个很知足的人，我们可以互相唱和，共享闺房之乐！我今天很高兴，接你的信更高兴。

梵

七·十二夜

又：你说我会力争上游，其实我已经争到顶尖了，我对名利已无兴趣。

欧梵：

昨天到又一城的 Page One 买书，想找你的书，但却找不到。

《狐狸洞话语》我也读完了，我最喜欢这本，以前的几本没这本有趣，而且文笔来得生动，真如狐狸般灵巧。

我在思念你，所以记下这份心情给你，有时觉得思念本身就是种享受，有种踏实的感觉。记得患抑郁症时，每天脑子里都弥漫着一片茫然若失、不知所措或是死亡的感觉，每隔五分钟来袭击一次，整个人就好像拖着千斤重担，更恰当的说法是行尸走肉的生活，如今说来犹有余悸。

欧梵哥：

今早五时半已醒来了，朦胧中仿佛躺在你身旁，很舒服，大概临睡前跟你在电话中说得太真实了，所以把你也带进梦乡。

今早似乎不在状态，大概是因为身体感到不适，刚才运动回家，忽然有点儿反胃的感觉，想吐但却没有吐。躺了一会儿就起来给你写信，信写了这几行又往床上靠，顺手拿出你的小说看，去年看过，如今再读，感觉又不一样。范柳原说白流苏是个真正的中国小姐，那是什么意思？你心目中的真正的中国小姐又是怎样的呢？我要再看这本小说，要仔细玩味范柳原的情感，其中不难找到你的影子？回心一想，范柳原是范柳原，李欧梵是李欧梵，不一定找到你的影子……

师妹：

　　你刚来电话，讲完后我上楼睡觉，才发现你的信，心中又是甜又有点叹息，七月廿几号你如不方便来新加坡，八月初来亦可，到时候再说吧。

　　我们两个人都疯了，我自己也没有想到会说出那样严肃的话，好像已经与你私订终身！我们在香港才见了三次，真是如闪电，但我又想，其实我已经认识你十几年了，正因为在芝加哥时我们在一起（你还为我清扫房间呢，记得吗？），所以才会有今天，也许那个时候我们早已命中注定了！

　　我想你，但我们打电话真不能太任性了，又是感情与理智之争！

　　我爱你，傻子，我也傻了，痴了，醉了！

梵

我的他：

　　我引用了一句词："换我心为你心，始知相忆深"——这一句仍是我如今的贴心话……

　　你一直担心我花费太多钱在电话费上，我跟你说呀，我们正在患相思病，有病当然得要医，电话就是治相思病的药，当然得要花钱，以后病治好了就可以少看医生，偶尔求医，只为调理身体，对吗？如果你认为诊金你也要付一半，好，你以后给我寄张支票好了。我总觉得花钱要得其所，快乐最要紧，我们都是视钱财如身外物之人，所以管他的，让我们放浪一点吧！

雨停了,我得下去打球了,大概打四十五分钟回来,如果你很想给我打电话就打来吧!

莹莹:

电话讲太多,害你又睡不好觉,真是有点歉疚。我这个人太过于思虑,犯了知识分子爱讲大道理的毛病,当然,我也更关心我们两人的前途,你的知识和修养都不错,是我有点好高骛远,希望你原谅我。

我做了多年想兼善天下的大志美梦之后,现在只想找一个爱我的人去共同好好地过日子,也许太自私了,但我自信在文化上也做了一点贡献,就是经由我的著作。说不定以后还要请你为我改稿抄稿呢!对我来说,"风声雨声读书声"并非仅是男子汉大丈夫之事,应该属于我们二人共有共享。

又:你的长信差一点把我的 fax 纸都用完了,小傻瓜,你真是一个又痴心又忠心的人,我好幸福!

梵哥哥:

"……从别后,忆相逢,几回魂梦与君同。今宵剩把银釭照,犹恐相逢是梦中。"别后的日子虽然只是两个星期,但已经尝尽苦头,很想跟你再度相逢……到我们在新加坡再见面时可能有种疑幻疑真的感觉。此时此刻我就是想着你。人的感情真是奇怪,为什么一下子来得如此炽热,真叫人有点不知所措,患得患失,我这人一生都不大幸运,可能以后就能得到幸福吗?但回心一想,管他的,现在可以爱的,就付出吧!付出了,你不经意中就有回报了,是很自然的,让我们珍惜眼前的快乐。如果我们同住一个城市那就更好了，不用受相思之苦。

梵哥哥，你说得对，我觉得自己现在更漂亮，人云"恋爱中的女人是最漂亮的"，虽然睡得不好，仍然容光焕发，谢谢你的爱，叫我的生命来得有意义。你是否也如我一样觉得生命多了一层价值呢？

莹

莹莹：

你真是痴得紧，我很感动，记着，我们来日方长，会有很多的日子在一起。我今天去拿机票，后天飞新加坡，回程是 open，8 月中可以来港和你聚聚，9 月初再去台湾。开完会后，如果你有空，可以来台湾会我，我们可以去同游花莲、台东，然后同机返港，然后住到 9 月中，我再返美，不是很好吗？

这两天忙急了，但一想到不久可以见到你，又很兴奋。不多写了，你一定试着好好睡觉，记着，我们来日方长，现在只是开始。

梵
七·十五午夜

（三）

1999年7月22日—8月11日

香港—新加坡

梵哥哥：

　　昨夜睡了六个小时,早上起来,想到今天就要见着你,有点儿兴奋又紧张,十时回到公司现身,十二时半动身到机场。现在飞机起飞了,静下来写下我的感觉。

　　从未有过如此轻松地坐飞机的体验,以往人坐到飞机上颈背就开始疼痛,但这次情况好多了,是心情兴奋之故。我想你今早故意不给我来电,是要给我惊喜,我想你一直忙于打点一切,可能你会到超市去买吃的东西,也买了一束美丽的花来欢迎我,你尽量不让旁人来接我,见着我你会仔细地看我,如果没有友人在旁,你会给我一个亲吻,你会抱紧我。晚上你会带我到外面吃晚餐,你也会喝一瓶啤酒,因为你好开心,对吗？饭后回到你的居住处,你会迫不及待地拥我入怀,细诉离情,然后……

梵哥哥：

　　我走了,连你的心也带走了,我的却留在槟城,你今晚走时可不要忘了带在你身边。要知道,我临走前已经用一根线把我们的心系起来,却调换了位置。我离你越远,我们的心越拉越紧,我越是想你。

　　短短的几天相叙,我很快乐,对你的感觉更踏实了,我俩的情更浓爱更深，已很久没有如此深爱过，感觉是可以很美妙的，我与你有种炽烈的激情，也有平和的柔情，简单地交换一个眼神，已经让我神魂欲醉，深情的一吻，叫我魂离魄荡，我们真是一对痴人。我没转成别家航空公司（在新加坡机场），几经辛苦走到澳航的候机室，不巧今早左膝盖又痛了，走起路来很吃力，蹒跚的步伐，好像一个老婆婆，边歇边走，足足花了四十五分钟才到候机室。当时头又痛，全身骨头又酸软无力，想来是病了，脑子里却惦着你，念着你，如果你在身旁，一定依偎在你的怀中亲热，我还是需要你的照顾，如昨夜你给我照顾一样。

过去几天的相处，我感到很舒服，很自然，做任何事都很随意，没有做作，没有强求，就是为所欲为，没有半点压力，这是我过去的一段婚姻没有得到的感觉。美中不足的是，这几天我很为你的身体状况担心，你是伤风了，也缺少休息时间，否则不至于如此疲累，眼睛情况更令人担心，你老说人老了，不中用了，我倒不太认同。如果你把糖尿病调理好了，精神体力一定会好得多。你昨夜答应我，一定会弄好身体，我太开心了，也太感动了，这是你爱我的表现，对吗？我们要长相厮守，要好好地活上一段很长而且美好的日子，这样的话我说了好多遍，不想再重复了，但我要告诉你一遍又一遍，我爱你，我珍惜你，我仰慕你。

好了，不再谈了，我得登机了，在飞机上再谈。

祝好

你的小妖精上

七·廿七晨

与王润华在新加坡

在新加坡游览

我的爱人：

　　现在机舱里，给你写上这封信，有种失落的感觉。回港后又要再投入日常的生活中。日常生活有些沉闷，有些许的抑郁，也有或多或少的压力，幸好也有一丝丝的情趣，从思念你的过程中得到很多的甜蜜。生活就是如此，虽然我现在还不是很快乐，但愿将来会多些快乐，你是否快乐呢？

　　那天（星期六）在新加坡听你演讲，事后对你多了一些仰慕，从未见过你"粉墨登场"，原来你有另外一份迷人的风采，尤其是你回答问题时的敏锐反应，对答如流，很叫人折服。那份自信，也是学者风范，就是很有魅力，我仰慕你——非为你的名气，而是你的学问。

　　一道急窜的气流涌来，令机身摇摆不定，很怕人！我很害怕，如果你坐在我身旁，定抓紧我不放。让你抱着我，哪怕飞机霎时爆炸，我们的情是地老天荒。

　　这几天由于我俩的相处，我有个很新的体验，原来爱情的本身是美丽的，爱的付出感觉也很美妙，恋爱过程中的施与受都甜蜜无比。这几天你生病了，我怜惜你，我照顾你，为你担心。疼你爱你，都感到甜美。前天，你带病在吉隆坡演讲，在台下看见你辛苦疲累的样子，我恨不得跑到台上抱着你，呵护着你，还要留下来永远照顾你，但现实却不可能，我们虽是感情丰富，却也有理性的时候，奈何！现在是机上午餐的时候，稍后再谈。

小妖精上

莹莹：

你走了！我真的是感觉到人去楼空，这一次比上一次更强烈！现在是三点钟，你大概刚起飞，我已经迫不及待地等你今晚的电话。我们生活在一起几天，竟然如此愉快，和朋友相处也那么自然，我真没有想到。

我为了逃避寂寞，马上回到我的小说世界，喝你冲的茶。

莹莹：

我写累了，休息时，把你拿来的唱片放在我的小 CD 机上，戴上耳机，音乐就如从天而来！你待我太好了，还记得带给我音乐——舒伯特的《第九交响曲》，我有两个礼拜没有听音乐了，真过瘾，也十分感动。你是这么一个会照顾我的人，我一辈子感激你，也真是哪世修来的幸福！我比舒伯特幸福多了！

梵哥：

我好想念你，想你的声音，想你的温柔，想你的身体，想你的一切，恨不得我们可以每天相拥而睡，每天早晨睁开眼就见到你，听到你在我耳边细语，告诉我你好疼我，我从来没有如此热恋过。经过多年来的不开心，以为情感已冷，谁想到我仍然能爱也可被爱。思念的感觉不好受，有时却也很甜蜜，因为知道在海的那一边也有个人在想自己，所以虽苦也甜。如果可以的话，我好想下个周末见着你。很享受我们在一起吃早餐的感觉，在厨房里合力做早点，很简单但很舒适……不知人间何世。

照片已冲出来了,附上寄给你,希望你喜欢,其中有几张是重复的,代我送给王润华他们。

未来几天将要很忙,很多事情要办,也要找生意,没生意我们很难有时间见面,为了见你我得努力工作。曾经有人说:"如果你为了某人而努力向上,表示你在恋爱中。"我想自己真的在恋爱中,我本来就不热衷于赚钱,现在迫于赚钱,因为我要更有空来见你。

今天是星期六,早上跟你通话后,仍然很想你,本来想到外面走走,但总是懒洋洋不想动,在家又热又闷,怪难受的。下午或许到球场打球,出一身大汗,会好一点。好了,不多谈了。

祝好

莹莹

九九·七·三十一

梵哥:

昨夜的电话谈心很愉快,事后上床,一夜安宁而睡,直到今早六时三十分,足有七小时,很舒服的感觉。最近服用的草药安眠药看来开始见效,近三天都睡得不错,你可以放心了,我答应你睡得好,你答应我 eat wise 改善健康,希望你做到。我们不单为自己而活,也要为对方而活,对吗?

每次在电话里听到你的笑声,都感到很开心,你的笑脸充满童真。一个有童真的人,绝不会是坏人,更会是充满生命力的人。我总有个想法,如果你好好保重身体,你会很长寿,都可活到耆老,因为你胸襟广阔,性情乐观,又充满自信,且为人积极。我则比较消极,幸好也很乐观爽朗;自信心没有你强,也比较紧张,不容易放松,但我有坚韧的性格,很可以忍受痛苦。谈到性格,你那谦厚的待人接物的态度我很欣赏,你有名气,但你永远是谦和有礼的,对人也忠厚老实,是很有修养的,还有你对人对事从不挑剔,凡事都采取欣赏的态度,这也很难得,也容易快乐,所以当你的女伴是不太难的。上次你生病,我对你的微小照顾原是不值你一再道谢的,都是举手之劳,你不须太介意。

祝好

小妖精上

九九·八·一

傻瓜:

你在新加坡没有传真机可用,很是不便,寄信时、收信时的心情已不一样,我们都捱着相思,每天的思念都很炽烈,生命中没有爱情是十分沉闷的,但有了爱情却又是甘苦备尝的。你说得对,我们的沟通已达到成熟阶段,足够可以生活在一起……相思难耐,很想你,每天都在想你,想和你温存,你想我可以在你的小说世界中完成,我想你只好靠写信。

我昨天托朋友买了些维生素,准备下次来新加坡时带给你服用,其中有一些是特别针对糖尿病人及胃痛的人的,希望可以调养好你的身体。相信你会听话依时服用,会吗?我疼你,我关心你就得照顾你,我不是个害人的小妖精,而是个疼人的小妖精。

照片冲出来了,本想寄给你,但太多了,下次顺便带来会好一点。照片中的我们都累,下次拍些精神饱满的,看着照片中的你,为我解去不少相思味儿,聊胜于无。

我们每天在电话中都重复着一些"无聊的情话",想来颇觉有趣,你这个大教授竟然也有"无聊"的时候,恋爱就是如此,让人"返老还童",我们就像少男少女般沉醉在爱河中,很浪漫很适意,我还是要告诉你,我又在惦念你了,你是否也在想我呢?

祝好!

小傻瓜

九九·八·三

欧梵:

你放心,我不是最后一个上机的乘客,你送我到登机口,临行不尽依依之情,关员检查证件后,回头偷眼望你,见你仍引颈看我,我忍不住眼中含泪,恨不得转头抱着你,告诉你我不要走了,要留下来陪你。

快乐的时光总是容易过,转眼就过去了,我们三天的相叙实在太过匆忙了,还来不及享受就要分离,很是怅然,也有点无奈。这几天的生活过得很惬意,很舒适也很自然,彼此的了解也更深切。我童年的不快也告诉你,有种释放的感觉。

今早你拥着我对我说不要我走,我也很舍不得走,所以我哭了。你问我是不是真有点不开心,我更舍不得走了,为什么你我都这样感性呢?因为你是念文学的,所以你有一个敏感的灵魂,你我的心灵感应很强,我现在想你,你也在想着我,对吗?

下星期三,你来香港就住在我家吧! 我一直没有邀请你,是因为我的家是名副其实的蜗居,面积太小了,在美国住惯的人都不会习惯的,知道你因为爱我喜欢跟我在一起,每天见着我,大概也不会计较吧!

那天我说了一句话,你听错了,以为我说要嫁给你,你说好呀! 我更正了,其实当时我想起《诗经》里的一句"执子之手,与子偕老"是何等幸福的事,但又觉得我们才开始三个多月,是否太快了? 我果真如此幸运就碰上一个如此深爱我的人? 我从未如此幸运过,这会是真的吗? 真有点患得患失,但想想我们之间的默契,又是很真实的,而且相处很甜蜜,不禁又踏实了不少。每次我抚摸你那半白的头发,我都许下一个愿,以后要好好爱你,叫你不再多长出一根白发。

飞机已飞了两个小时,我无法入睡,脑海中飘着这几天的事,一遍又一遍地重现眼前,心头禁不住热起来,恨不得马上折返新加坡。我当然没有带走我的心,也留下一批照片,你可以在想我时看看。

祝好

你的莹莹上

九九·八·八

欧梵:

今早七时醒来,足足睡了七小时,是一个多月来睡得最好的一天。你可以放心,为了你,我要自己睡得好,我知道你最关心我,常从你的眼神里找到怜惜之情。你真是个很感性的人,你知道我的喜与乐,我告诉你我的身世之后,你那番话很令我感动,你很能做到爱屋及乌。我是个幸福的人,你如此情深待我,我发觉对你的爱意日浓,恨不得每天都见着你,跟你一起生活,互相照顾。你是我碰上的男人中最能给我安全感的一个,我可以随时依偎在你怀中撒娇,我不再需要在别人面前要强,可以回复本来面目,我感谢你给我的支持及鼓励。生活一个人过很吃力,两个人过就很有乐趣,也较为轻松,让我们互相扶持,过得更有意义。

我们的感情是与日俱增,从新加坡回来后我对你的想念越加殷切,我们对彼此的依恋已到达难舍难分的阶段,我们的沟通是如此的水乳交融,所以我思念你,送上词一首,聊表心意:"樽前拟把归期说,未语春容先惨咽。人生自是有情痴,此恨不关风与月。离歌且莫翻新阕,一曲能教肠寸结。直须看尽洛阳花,始共春风容易别。"

你今天有否吞维生素,记得呀!我要调理好你的身体,你要乖乖听话,好吗?这方面我当你的"妈妈"。

祝好

莹莹

九九·八·九

欧梵:

越接近你来香港的日子,我们越是想念对方,你告诉我不能也不愿一个人过日子,我的心感到很甜也感到很苦,甜者为你的话而甜,苦者因你的境况而苦。我很想每天都能见着你,照顾你,跟你相依相爱。

我记得诗人 W. H. Auden 曾说："不相爱,即如死灭。"在过去多年,我们都没有跟一个人相爱,所以我们都是感情枯干的人,我更濒临死的阶段,我们现在的相爱把我们带到快乐活泼的生活领域中,我们要好好珍惜它。

我从来不惯把爱意宣之于口,但对你,我却忍不住告诉你多遍"我爱你"。傻瓜!为什么我们能如此相爱呢?有时,我会惊讶得不知所措,为什么我们不早在十多年前就结下这段缘呢?我得上班了,再谈。

莹

九九·八·十一

欧梵:

为什么张开眼睛看见你,闭上眼睛又看见你呢?过去这个月,真叫我忘不了,我们好像已亲热了一辈子,两个人的默契都好像融为一体了,恋爱的感觉真是奇妙……我想你的感觉也一样,对吗?

这几天,我觉得你比以前年轻了不少,大概是爱情的滋润吧!我笑你不敢在公共场合表示亲密,这是怪不得你的,你是个有身份的人,况且为人师表,也有个框框规矩限着你的行为。而我是个任性的人,当然可以为所欲为,相信你也不会介意我的妄为,有时情到浓时顾不得这么多。

跟你在一起,我感到安全,你随时保护我,我不用害怕。你说得对,当我独处时,我很强,一旦跟你一起时,我就很依赖,很想向你撒娇,一派小鸟依人的样子,你喜这样,对吗?当然,我也有权充你"妈妈"的时候,在起居饮食上照顾你,这就是相亲相爱的表现,愿我们的爱情永固。

（四）
1999年9月19日—2000年3月2日
香港—剑桥

老公：

　　你知道我在想你吗？我可以不想你吗？你是如此的温柔、多情、深情、文雅、博学、高大、潇洒，我为你情醉、情痴、情愁。我醉心于你的柔情，我痴迷于你的博学多才。见不着你，我为你发愁。总之，你怎样地念我，我也怎样地想你。

　　今早在欣赏马友友的协奏曲，回味那天黄昏，你我一同听此曲的情景，你当场作了一首英文诗给我，你念着，我听着，我深受诗句感动而哭了。是种欢欣感动的哭，现在独自再听此曲，再回想那天的情景，我仍深受感动。

　　你刚才在电话中有一点动气了。是为我抱不平吧！也有一点吃醋，对吗？你知道的，现在我的心只爱着你。只有你最懂得欣赏我，也最可以接受我的所有缺点。"士为知己者死"，为你我死而无憾。我愿意做你的小女人，你喜欢我胖一点，我以后不再减肥啦！老公！记得服维生素、蜂王浆及锻炼身体，我爱你三千六百年。睡个好觉。

　　祝　大好

亲爱的老公：

　　你离开之后，我每做一事都想到你，例如坐公共汽车、到茶餐厅吃早点、到球场运动、在家听音乐、看电影都想起我们一起生活时的欢愉，还有一个月才见面，好像是很长久之后的事。我又在看你的照片，你的长腿叫我想入非非，在电话中听到你的笑声，你的笑脸如在眼前，我的心开透了花。

你今天一定忙坏了，开学的第一天咧，务要保重身体，你的老婆在八千里外支持你，知道吗？

对不起，刚才的电话给你虚惊一场，我告诉你不想去内地，这是真的。但如果你想我陪你去，我很愿意去，为了爱你，大概是爱情的魔力。到了今时今日我俩再也分不开了。只要头脑是清醒的，就想着你，老公！在这一刻我又想着你。

老婆仔

九九·九·廿二

老公：

"身无彩凤双飞翼，心有灵犀一点通。"在过去一个月中我真切感到我们心中的灵犀在通，而且通得神奇，通得甜蜜。每次在想你的同时，你也在念我。无数次拎起电话听筒想给你致电，你也在做这事。多少次你告诉我你的背有点痛，我也感到我的心在痛哩！我前两天病了，你的心不也是在痛吗？我们竟可如此的"感同身受"，为的是我们都深爱对方呀！

这是第三次坐飞机来波士顿看你，但感觉每次都不一样：第一次往新加坡，感觉是乍惊还喜，有点迷糊，也有点兴奋。第二次是很喜悦。这一次就有种久别重逢后的殷切期待感，虽然我们仍未结婚，但心里已有种千里会夫之感。

分离虽只一个月，却像过了一段很长的日子，每天数着算将来的相聚日期，又是如此的漫长而遥远，从未如此殷切地思念一个人，看来我们已到了难舍难分的阶段。

你有否觉得近来年轻了不少？就是因为你在恋爱期中，心情轻松了，你爱着我，我也爱着你，这样令你快乐自在，人自然年轻了，我也是如此。

痴情儿女是我们，每天通电话两次仍然不尽依依之情，我为了给你打电话，每天简直废寝忘食，你在电话中的缠绵语调，令我回味不已。你可有试过如此甜蜜的恋爱经验？我没有，可能我经验少。你是个情场浪子（这称谓可能不大恰当），经验可能比我多。

我爱你很多。有时连自己都感到不知所措，常自问："我爱你是否已到极点？"仔细想来，爱是可以无限的。我可以再多爱，老公！你对我的爱又是如何呢？虽然我明明知道已经很多了，我还是要问。

我们快见面了，大概还有十多个小时吧！我却等不及了。见面后我们可以尽情亲吻、拥抱、互诉离情，再也不分离了，现在我当然是兴奋得无法入睡。

一九九九年十月一日

情人老公：

这是我们共同度过的第一个情人节，以后的十年、二十年，或更多个的情人节，我们都会共同度过，而且是很快乐地度过。从未想过有一个真正的情人,如你般温柔、体贴、感性、善良又大方,而又有学养的。我珍惜你如你珍惜我,面对如此良辰美景,让我们尽情享受它,好成为我俩日后美好的回忆。当然,我们一起生活的点滴趣味,都不断加给我们无穷的幸福生活体验,这是我们要永远拥有,而且是日久长新的。

老公!情人节快乐!我爱你此情不渝,你是知道的。

你的老婆

公元二千年情人节

老公:

此时此刻我感到很幸福,你外出授课,我在家等着你回来,就有种说不出的幸福。寂寞的日子过腻了,多少个无眠的夜晚,多少次猛然醒来不知身在何处的感觉,现在夜里,跟你相拥入梦,半醒的意识中也感到你温暖的身体凑合着我的,温馨也舒服极了。老公!我要用全部的爱来爱你,也将我的下半生献给你,当然,我也要你的,就让我们永远幸福地守下去。

老公:

我们现在是在一起生活了,仍记得我们每天传信的日子吗?今天你我分开数小时,都已经相思难耐,我们都痴了。

很想每天仍给你传点什么的,很喜欢那种等待传真的感觉。

二千年三月二日

附：　　　　给玉莹前夫的信
李欧梵

文正弟：

此信暂存莹妹处，在适当时刻再给你看。

记得我上次抵港，想约你们二位见面，那天你要去听 Royal Philharmonic，莹妹只身前来看我，我顿时有股异样感觉，想和她在一起。我们三人早已成了一家，我对玉莹的关心，想你早已知道。你们分手后，多年来我都希望你们复合，去年在港小住时，也说过多次。但此次见到玉莹，我的感觉不同了，觉得她已经变成了一个独立的女人，不再是你的太太，所以我的感觉因此也变了。也许，我和她相识已久，但缘分尚未到，而你和她似乎缘分已尽，所以我终于鼓足勇气，向她表示由衷的好感，一切出于至诚，没有任何虚假，多年来她心情压抑，也需要一个人爱她。我想你会觉得有点意外或突然，但人与人之间的关系和感情是理智上说不清的。即从理智而言，希望你会同意，这未尝不是一个颇为理想的结局。她终于找到一个她和你都可以信任的人。而且我和你之间的友情，一直是君子之交，多年来互相受益也不少，而今后更可以维持下去。

至少，你可以放心我会真诚地待她，而你和她之间的友情也因此可以得到进一步的发展。我离过婚，知道夫妇即使因不合而分手，但仍有千丝万缕的情感，我很尊重你们的情感，而且希望你们仍然真情相待。

将来我打算移居香港，至少也会常来香港，我们见面机会也会很多，也许，我们三人本是一家，以后也真可以变成另一种现代式的家：你和玉莹有家在先，我和她成家在后，我们都希望玉莹快快乐乐地过一辈子。

书不尽意，聊表心意，希望得到你的了解和 blessing。

愚兄欧梵

一九九九·七·五　炎夏

卷
二

闺
情
记
趣

小引

　　我和欧梵于公元 2000 年——一个旧世纪的结尾或一个新世纪的开始——9 月 12 日在美国剑桥结婚。但早在前一年 8 月底,我们已经"私订终身",那年 8 月中旬,他从新加坡飞到香港作短暂的逗留(约三个星期),首次住在我的蜗居——沙田第一城的不足四十平方米的小房子里。那时,我们只开始约会一个多月;其间他在波士顿,7 月中到了新加坡大学做客座教授一个月,其间我也曾两次去探访了他,但彼此都是做客心情,未曾落实到家居生活,直到我 8 月 10 日回到香港,才邀他到我家居住。我们开始了同居生活,其中不乏趣事和乐事,但没有想到记下来。

　　9 月初他又回到哈佛教书,我们又恢复通电话和通信(传真)的生涯。10 月初,我请假三周到波士顿探情郎,11 月底又联袂回港。

回港后，他只留了一个星期又回去教书了，再回来时已经是世纪末的最后一周。为了不想再骊歌高唱，我在2000年元月尾随他返回美国长住半年。后面是在剑桥的日子多，我没有工作，生活较为闲适，枕旁刚好放了个日记本子，随时记下所见所感，是为这一卷"闺情记趣"的源起，断断续续，直至今年（2001年）我复得抑郁症为止。

　　我们的这本小书，本以为记载的生活有乐无愁，读来恐不真实，没有想到我的抑郁症于今年3月中复发，"闺房记乐"刚过一年就"坎坷记愁"了。好在我终于在半年后又战胜病魔，和老公回到香港，重度安适的生活。我们在此先记下乐趣和闲情。把苦事留待书尾。

2001年12月27日

1999年8月12日 （香港）

我们拍拖只有两个多月，你竟然迫不及待地要跟我结婚，你这个人怎么变了，你以前迟婚是因为惧怕婚姻的束缚，后来那次婚姻失败了，你难道没有感到犹有余悸吗？今早醒来，我们照例说着情话。你突然冒出一句："我等不及了，我很想马上就跟你结婚！"但我的离婚手续仍未办妥，怎么办？于是只好订今天（8月12日）*为"私订终身日"。

2000年2月14日 （剑桥）

今天是情人节，老公带回玫瑰一束，晚上在烛光下进晚餐，开了一瓶红酒，在烛光下谈情说爱，很浪漫。这是我们共同度过的第一个情人节。

希望以后的十个、二十个，甚至更多的情人节都在如此甜蜜的心情下度过。

2月16日 （剑桥）

昨日你告诉我，你很不想起床，因为你早上要看牙医，晚上又要开会，结果我陪你看医生，又到外面看家，还吃午餐去了，回家相拥在客厅的地上听音乐、读小说，也睡了一个小时，这种生活真是舒服极了。

今早你起个大早，回学校开会，当然你不想回学校，因为你会一整

★ 这日比我们真正结婚的日子早了整整一年零一个月。

天见不到我,我更会想念你,我们是难舍难分呀!我现在的心情有点闷,就写下这段话,老公!我好想你!好想在你的怀中睡觉,你在办公室收着电子邮件之余,是否也在想我呢?

2月17日　　（剑桥）

晚上看了一场 DVD 版的《战争与和平》,是部旧电影,女主角奥黛莉·赫本美丽极了,她娇俏可人,老公说我的性格很像女主角般清纯可爱,我觉得他有点夸奖我,当然,我很开心。

2月19日　　（剑桥）

一整天他在家写小说。我则在家看书、浸浴及做瑜伽,虽然有点儿闷,却也自在,老公说这就叫作闲适,他又加了一个英文词组：simple pleasures。他正在写一部间谍小说,竟然把我去年写给他的一封情书也放进去了。以后我要向他讨稿费哩。

2月21日　　（农历一月十七,剑桥）

今天是我的农历生日,爸爸来了传真祝贺。老公带我到波士顿的 Copley Square Mall 闲逛,还在那儿附近吃了 UNO Pizza,很好吃,回到家已经是九时,又看了一场音乐电影,有关作曲家和钢琴家 Franz Lizst,但我看了一半就睡着了,真气人!

2月23日　（剑桥）

他在家休息了多天,今天要上班了,将有大半天不能见面,我有点儿不舍。我喜欢他在家的感觉,两口子厮守在家,做什么都好,就是很温馨。他不在我百无聊赖,有些儿失落感,我们真的是形影不离。

*　*　*

老婆叫我"跟尾狗",我说宁愿做她这个"贵妇"牵着的"走狗"无意中把这个典故——契诃夫的小说《贵妇人与狗》——也写进我的小说里。我们形影不离,她说我是"形"她是"影",我说不然,应该倒过来讲。于是她又给我一个广东话的外号:"糖不甩"。

2月24日　（剑桥）

过去多天,你都在家,而今天你要上班去,我有点儿舍不得你,大半天不能见到你,心里就会闷闷的。你在家,我们无论做什么都很舒服、很温馨,我就是喜欢这感觉。今午,我依你的话,没把自己困在房间里,首先,我看了一场电影,也读了聂华苓的《鹿园情事》,她跟安格尔的眷恋之情令我美慕,我想我俩的恩爱恋情绝不让他们专美于前。我们也会幸福愉快地厮守二十、三十个年头。

3月1日　（剑桥）

老公的课上完了,他的一个学生跟我说:"最近李教授看起来很快乐,像换了个人似的,每天都穿得好看极了。"我听后,当然暗自高兴,是我悉心替他打扮的,他向来不修边幅,白白糟蹋了他那修长的衣架子身材。几个月前,我们在香港约会,总喜欢在商场蹓跶,平添了不少购买衣服的欲望。从此他爱上漂亮适身的衣服,而且他性情酷爱新奇,每次买了新衣服,回家立即穿上,在镜前端详一番后,还得意扬扬用广东话说:"老婆,我就几靓,几得意。"

*   *   *

我既然得意,当然忘形。每天穿了新衣上课,自我感觉也越来越良好,真是又印证了一句俗话:"老来俏!"

我又从老婆那里学来穿衣配色的技巧,每天早晨,她把我该穿的衣裤都放在床上,我当然绝对服从。最近却有点不听话了,有时还要挑剔:"老婆,黄色衬衫配黑色裤子,对比太强,不太适合吧!张爱玲说过要'参差的对照',这对照太多,就参差不起来了。"老婆的回应是:"你就是不喜欢黄色,其实黄色或浅色对你最适合,至少看起来要年轻十岁,不要老穿你那习惯的灰色!"于是我又乖乖就范。

今天被鸟鸣吵醒,很久没有这种体验了,活在香港的人从不被鸟吵醒,人太多了,连鸟也难得见到一只,大概鸟儿都被人声、车声吓跑了。

春天来了,花香飘飘越篱来。

*   *   *

这几年来,不论是在美国还是在香港,我从来没有感觉到鸟语花香。老婆的敏感似乎也传染给我。这才发现后院有花开了,真的是越篱而来。

3月16日　　(剑桥)

好一个大晴天,心情舒畅。老公今天不做懒猪,他也起个大早,吃过早餐后,很久才到午后,老公不到十二点就喊肚饿了。

4月10日　（剑桥）

昨天他很开心,我也很开心,在他的生日宴上他的学生送给我们的小狐狸毛公仔,十分可爱,今早抱着拍照,我可像个妈妈? 我想当个妈妈吗? 我只想有一样真正属于我俩的东西。

快要到纽约去,心情有点兴奋,去年这时候单独往纽约探志云姐,心情却是两样,那时我早该到波士顿来探师兄,可以早结情缘,那该多好。

*　　*　　*

一个大学三年级的女学生送我一个小狐狸,是小孩子玩的"毛公仔"（stuffed animal）,夸我为"骚狐狸教授"（foxy professor）,我说你知道"刺猬和狐狸"的典故吗? 她一脸茫然,我大笑。这个礼物真是正中下怀,不久就有本我的杂文集在内地出版:《狐狸洞呓语》。

5月1日　（剑桥）

转瞬又到5月,所谓快乐不知时日过,还有一个月又得回港,心情有些儿紧张,太久没办事,不想工作了。

5月5日　（剑桥）

春天仍在,春花处处开,好不美丽,我们的后院有很多不知名的花,美丽夺目。

5月19日　（剑桥）

我昨夜做了个奇怪的梦,梦中我迷失了方向,找不到回家的路。但家是香港的家,抑或是美国的家? 去年至今年,香港美国来回跑,弄得我有点儿昏了头脑。

5月21日　（剑桥）

昨天晚饭用得早,睡到午夜,老公饿醒了,嚷着要吃东西。我同意他到楼下厨房吃片面包,他下去老半天,把当晚的剩菜都吃光了,回床后还嚷肚饿,我担心他的血糖高,不能吃太多,故意硬着心肠不理他。于是他又在我耳边唠叨起来,喃喃念着一大堆他平日爱吃的东西:皮蛋瘦肉粥、干炒牛河、酸辣汤、小笼包、烧味双拼、红烧狮子头、红烧蹄膀、韭菜盒子、烧饼夹肉……念着念着,声音弱了,眼见我无动于衷(其实我差一点心软,想给他下一些饺子吃),只好到梦里向周公求吃去了。

*　　*　　*

看来也是返香港的日子近了,香港和台湾是我这个"为食猫"的天堂。我知道回到香港后的第一件事,就是到沙田第一城那家茶餐厅吃皮蛋瘦肉粥。

5月25日　（剑桥）

老公昨晚睡觉前,在我耳边用半吊子的广东话说了一个故事,其实他已经重复了无数次,大同小异:

"从前,有一座山,山上有一个庙,庙里面有一个和尚;另外又有一座山,山上有一个庙,庙里面有一个尼姑,渠每日食斋,但心里面就想着对面山上的和尚,想同渠一齐下山还俗,有一晚渠偷偷走到和尚庙,睇见和尚在厨房偷食皮蛋瘦肉粥……"他讲到此,我早已哈哈大笑。

*   *   *

我每次重复讲这个故事,本来就是为老婆催眠,但每一次都引得她哈哈大笑,睡意全消,我反而越讲越闷,将自己带入梦乡。我讲她听,乐此而不疲,但每晚大多是我先睡着。

6月12日   （香港）

住在美国半年,又回到香港了,香港的街道仍然那样的忙乱,却是"人气"十足的。比之剑桥的清静,多了一份熟悉感。回到公司报到,立刻感到有压力迎头而来,赶快投入工作,休闲不再了。在美懒散了半年,又回到急速的生活调子,最初几天感到有点儿不惯。在剑桥没有工作,每天除了陪老公往办公室,就是旁听他的两门课,生活得休闲自在,住久了有时感到有点儿闷。那儿朋友不多,约友人见面,得早一个星期预约,习惯了即兴的我,很是扫兴,索性不约了。比较香港美国两地的生活方式,最好是取其中间式。

7月3日   （香港）

今天见到两年多不见的老友,她说我瘦了,别人到了美国都是胖了,为什么我在美国住了几个月反而瘦了呢? 仔细检讨一下这半年来的日常饮食习惯,才发现真正的原因:老公染有遗传性的糖尿病,是需要节制饮食的,偏偏他最馋嘴,什么都爱吃,更嗜饮酒。以前他不管什么都吃,而且吃得多,现在我可要管制他的饮食了。这真是一门苦差事,因为他一天到晚嚷着肚子饿,而且他"要饭"的招数千变万化——撒娇、恳求、装病,什么都来,我心软,常被他骗倒。每顿饭本来都想他少吃,但到头来都让他吃了大半,他吃得快,而我的思想和行动又配合不起来,每次看见他吃得高兴,我也乐不可支,到我醒觉的时候,已经为时太晚了,我又输给他一顿。他吃得越多,我也吃得越少,奈何!

8月20日   (香港)

今早起来,我们梳洗后预备外出,欧梵单腿蹬地穿裤子时弄伤了背部,是背部的旧患。他紧张极了。去年他曾因背痛而躺在地板上六个星期。我立刻叫他躺在地上不要动。真不巧,我的左手大拇指长了一小堆"脓头"——俗名"蛇",英文名 shingles,痛得很厉害,每几分钟"阵痛"一次,扯动整条膀子都麻痛不堪。早一天欧梵陪我去看医生,他配给我一个星期的特效药,务必服药一周始可复原。这是我们在一起过的苦日子,希望很快过去。

*   *   *

玉莹左手痛得厉害,却不忘用右手来为我的背部按摩!世上还有如此不自私的女人吗?我的背痛何及于她的指痛?!她一边为我按摩,我一边感到自己的泪水也偷偷地流出来了。

8月21日　（香港）

欣赏过徐志摩的爱情故事（电视剧《人间四月天》），你想起年轻时代的恋情，半睡半醒中在我耳边唠叨。最后我俩又谈起情来，谈到将来，我们都哭了。你是个傻瓜，老有种奇怪的想法，怕上天嫉妒我们，把我们的幸福夺走。我可不会这样想，上天会眷顾我俩，让我们同偕到老，我俩的爱是天长地久的。

8月25日　（剑桥）

今早七时醒来。回到剑桥的家，很舒服很自在，在床上跟老公谈天，交换了回家后的感觉，大家都觉得回家真是好。我们这次回来好像克服了很多困难，有一种"有情人终成眷属"的感觉，以后我们会好好地过日子，全心全意地爱对方。

8月26日　（剑桥）

"云破月来花弄影"，我们都醒来了，我这朵"花儿"又在挤眉弄眼，逗得老公很得意，很开心，希望我们以后都过着吟花弄月的日子。

8月29日　（剑桥）

今早到医院抽血做婚前检查，心情有点儿紧张，下午老公回办公室工作，处理堆积如山的信件，难怪他想提早退休，做这些事儿实在没意思。

8月30日　（剑桥）

老公今早如厕后醒了睡不着,我为他唱《帝女花》,希望他可以安然入睡,奈何我们都更精神了。我们相处一年多,似乎默契越来越多,对事物的感觉都一样。

*　　*　　*

老婆识唱粤剧,特别是《帝女花》,我对此本来一窍不通,但在枕边听多了,竟然喜欢起来。老婆对西洋古典音乐——我的嗜好——无动于衷,但却独喜歌剧,特别是《阿依达》,我们第一次看DVD版的时候,我以为她又会看了一半就睡着,不料她聚精会神直到终场,而且把故事的结局也猜到了。我问她:你怎么如此料事如神?她说:这不是和《帝女花》异曲同工吗?妙哉!

9月1日　（剑桥）

今早老公到华盛顿D.C.去,此次任务重大,他看来有些紧张。他是个宅心仁厚的人,可能把母亲送到老人院有点于心不安。他不在家我有些孤独的感觉,平日整天“老公”不离口,突然形单影只,真有些不习惯。

去电蒋书涛得悉Grace入院做手术,后又去电Grace慰问,人年纪大了,总有些问题,我历来都怀疑自己身体有什么的,很烦人,大概双鱼座的人就是如此敏感。

9月2日　（剑桥）

大清早醒来,突然发觉老公不在身旁,很有种失落感,我们每早例必有谈情说爱的习惯,一时有些怏怏然。世上最快乐的事莫过于躺在老公的臂弯,听他说"我爱你"。

0月3日　（剑桥）

清晨四时三十分,突然醒来,不想入睡,我想到他,以后再也不要分离,哪怕是几天,好像是失去生活的重心,我就是如此的痴心。今午跟雪蕊闲聊,她说连她这个局外人也感觉到,还说很羡慕我哩!我也真够幸运,饱经沧桑之后,竟能遇上一个如此爱我疼我,更是浪漫得可以的老公。

我好想给你打电话,却不好意思,因为今天已经通了两次电话,今晚希望睡得好。"老公! 我好挂住你。"

9月7日　（剑桥）

今午到 City Hall 登记结婚,心情很是愉快,我们订了中秋节结婚,取个人月团圆的好兆头。记得当年在 SW 结婚,没有什么特别愉快的感觉,也没有对新婚有任何憧憬,今天的感觉可大不相同了。

*　　*　　*

中秋节应该是阳历 9 月 12 或是 13 号? 查了半天才查对。老婆早告诉过我∶她一生中最喜欢的节日就是中秋节。

9月8日　（剑桥）

今天老公和我到学校去办理一些手续,包括约见处理外务的主任,将可以申请居留。他很着急办理一切,因为他很在意我的福利,我感到很幸福,现在有人关心我。

9月9日　（剑桥）

房子快漆好了,虽然颜色出来的效果一般,但比以前亮丽多了,我们有了新房子可以开始我们的新生活。

9月10日　（剑桥）

买了许多新家具,开始有了新家的感觉。

9月12日　（剑桥）

就是这一天,我们结婚的好日子!

*　　*　　*

虽然我们早已结婚了,但心理上还是感觉不同。当我把戒指套在你手指上的时候,我知道这是一个天长地久的誓言。亲亲,我爱——我向你做一辈子的保证,"pledge",我听到 City Hall 主婚人的这一个英文词,觉得十分恰当。

9月20日　（剑桥）

去年10月初在剑桥,老公已经给我弄了一家银行的家属信用卡,他要我任意用他的钱,反而我这个向来经济独立的"大女人"有点儿不习惯。到了现在,我们结婚了,我当然仍然用着那张信用卡,心情却有了改变。每次购物用着那张卡,都有种幸福的感觉,如今我变成一个"不务正业"的小女人,更加觉得有人依仗是件快乐的事。

9月24日　（剑桥）

今夜老公又在床边跳舞,这是他每晚的"例行公事",已做了将近一年,花式都演尽了,我还是每看必笑,不单只笑而且是哗然大笑,因为我笑得开心,他也跳得更起劲。我之笑,一半是他的动作有点儿滑稽,另一半是顺应他的真情而笑,他为了逗我笑而表演舞蹈(他说每日大笑三次可消除百病),我能不以笑脸报情郎吗?

*　　*　　*

老婆大笑的时候往往喘不过气来,所以边笑边吸气,如开汽车换挡,不断加足马力,哈哈哈之后,必会呵呵呵,所以我学她笑,她却笑得更厉害。海边小镇度蜜月,"倒空自己"——以前在我depression的时期,倒空以后,觉得更空,因为没有接受者。我现在"倒空自己",有了接受者,倒空以后觉得更丰富!

《迟桂花》——郁达夫的小说题目恰好作为我们感情的印证:为什么此时要读这篇文章?昨晚开party,一个学生念了这篇的一段,我们好感动,我冲口而出:"不如我们的家就叫作'桂花居'"——由此又想出一个篇目名:《桂花居记趣》——这是我们的《浮生六记》,但

1999 年 10 月玉莹初来剑桥探欧梵,在家中摄

婚礼当天,雪蕊为我们烧的菜,送我们的花

比沈三白和芸娘"浮"得更美好。其实他们那一代的夫妇悲剧多,而为什么我们不可以把它改写成喜剧? 特别是在现代——现代有多少人知道什么是 happiness!

10月2日　　（剑桥）

"我要里外焕然一新"——这句话,我老公常挂在口头,所以近日,我们家居所用、日常穿着,都焕然一新。这里面有一层"深层"意义:他要一洗颓风,把以往那种"王老五"的生活方式摒弃殆尽;他又要内外整洁,去迎接真正美好幸福的婚姻生活。至于我嘛,过了七八年的单身生活以后,又得"重操故业"做个我认为称职的妻子。

*　　*　　*

老婆"重操故业"当然驾轻就熟。以前我看在眼里,但心中从未奢想过,现在她成了我的妻子,我有福了,这岂不是缘分?! 这个家庭主妇的"职业",现在还有多少女人愿意"重操"? 我曾再三要老婆维持她原有的职业——卖保险——但她一向对这种事业吊儿郎当,不当一回事,忙一阵子,赚点佣金,可向老板交差,就够了。不料她人缘甚好,不少老主顾都自动介绍亲友向她买保险,较有钱的主顾甚至自动增加每年的保险额,所以别人干这个行业辛辛苦苦足足干了一年半载所得的佣金,她不到两个月就赚够了,还剩下不少时间陪老公去拍拖、饮下午茶,或看电影。我说她这个人太"不务正业"了,她说正业是家庭主妇,副业才是保险。

她公司的同事给她一个绰号:"神奇女侠"。

2002 年 9 月 12 日在麻省剑桥市政厅公证结婚

结婚当日晚在家中宴喜

10月6日 （剑桥）

我爱看美式足球,始于住在芝加哥的时候。每逢球季的周末,总爱坐在电视机前,消磨一个下午,其间不时大叫大嚷为芝加哥熊队呐喊,到紧张忘形时还会用英语说上几句粗话,平时斯文的我,难得借此发泄一下被压抑的情绪,十分过瘾。后来回港,这种乐趣也跟着搁置下来,直至今年跟丈夫回到美国居住才有机会重拾"旧欢"。

今晚吃过晚饭,老公忽然说:"我们今晚来看个足球比赛好吗？"我被他这突然的提议吓了一跳,他从来只喜听古典音乐,却不爱看美式足球,为什么今天却要破例呢？他回答说:"我知道你素来喜爱看足球,你可以陪我听音乐而我为什么不可陪你看足球呢？"我们看着嚷着,他竟不以我的英语粗话为忤,反而大赞我的"豪语"够"酷"。他更建议每星期一晚都要观看比赛,果然不到两个星期,他也成为球迷。但是波士顿的爱国者队实在太差,每次都输,芝加哥的熊队也差,以前认识的球星都退休了。看球必须要拥护一队,否则无趣,后来只好拥护华盛顿的红番队,因为老公的妹妹和妹夫住在华府,也是标准球迷。

10月10日 （剑桥）

我老公的口头禅是没问题,也都得（什么都可以）,所以和他在一起生活以后,本来就任性的我,变得更随心所欲,为所欲为,但他认为我仍未够任性哩！从我们定情的第一天始,他就鼓励我重新恢复自我,活出自我,做个开心快乐的人。他还特意买了一幅题名"The Courage to Be Myself"的Poster挂在我床头的那一边,让我每天看着,记着,实行着。

1999 年月 10 月摄于家门前

海边小镇度蜜月，行过花园小径

我记得上面写着：I have the courage to... embrace my strengths, / Get excited about life, and to enjoy giving and receiving love / Face and transform my fears / Ask for help and support when I need it / Trust in myself / Make my own decisions and choices / Befriend myself / Realize that I have emotional and practical rights...

他是个古典音乐迷，每年例必订下波士顿交响乐团的季票。去年我刚好来波士顿小住一个月，他特意加购入场券一张，偕我进场见识见识。节目很丰富：有莫扎特的小提琴协奏曲，更有布拉姆斯的《第四交响曲》。音乐会开始，全场满座，好不热闹。可能是人多，空气混浊，开场不到十分钟，我在柔扬的音乐声中安然入睡。直至上半场完结才醒来，下半场依然照睡如仪。事后我向他致歉，他绝无愠意，还笑着说："有你做伴听音乐是件乐事，你睡着了，我更高兴，因为你一向睡得不好，现在可以在音乐声中悠然入睡，以补不足，岂不是更好？"花五十美元买来一顿酣睡，价值可谓不菲哩！

* * *

其实，老婆听古典音乐也有本能的取舍，那次酣睡也可能是指挥海廷克不够刺激的缘故，此公修养极佳，温文尔雅，但往往失之于沉闷。后来的音乐会，波士顿的常任指挥小泽征尔上场，老婆反而不困了。

10月28日 （剑桥）

10月底时值新英格兰的深秋，应是红叶缤纷的季节。去年，我乍到波士顿，友人李政锋偕欧梵与我到附近的威尔斯里女子大学观赏红叶。那儿有湖光山色,也有小桥流水,我们置身其中,仿佛被万千簇灿烂烟花团团围住。那天是雾重的深秋日子,我们走到树林里,树叶被微弱的阳光穿映得闪烁生光,我们走着看着,心都醉了。今年我们携同友人旧地重游,景物依然,但我们的心情自是两样,同来的友人,从未看过新英格兰的红叶,大声叫好,惊叹不已,看我无动于衷的样子,说我要求太高,这样的美景还不够感动? 其实,我的快乐早已像烟花把我的心团团围住。

11月15日   (剑桥)

这两天我有点不务正业(本来我现在就没有什么职务在身,是个全职家庭主妇),为了一件羊毛大衣,到波士顿市中心跑了两次;早一天在著名的 Filene's Basement 看见一件漂亮的黑色毛大衣,但嫌价钱太贵而没有买。后来回家告诉老公,他催促我第二天再去买下来,我再去一次,花了两个钟头的时间才找到,价钱又减了些,当然立刻买到手。又在店里闲逛一通,想到要走的时候已经过了四个钟头,连午饭也忘记了,兼且腰酸背痛,差点想召计程车回家。本来约好听他的课,都因太累而缺课了。(近来我缺课越来越多!)幸好他也挺喜欢我买的大衣,用他给我的信用卡付账而感到幸福、开心还是第一遭。我想他以后"有难"了。

*   *   *

能够修到如此"正果",再有难也值得! 我一向将金钱视为身外之物,旧的不去,新的不来,所以教了卅年书,至今仍然两袖清风,没有什么存款。老婆偏偏和我想法相同,看来迟早双双都要倾家荡产,去喝西北风了! 管他的,今朝有钱今朝用,莫待人老珠黄不值钱(此处

在缅因州海边一小镇度蜜月

度蜜月时在酒店大堂

说的是我)。老婆此处忘了提：她第一次到 Filene's Basement,舍不得买那件黑大衣,却为我买了一件名牌毛衣、两件背心和一件衬衫!

11月20日　（剑桥）

今早醒来,外面有点冷,听天气预报只得三十六华氏度,眼看快要下雪了。我们都不愿起床,窝在床上说着话。我问老公："老公,你是我的什么人?"老公答:"我是你的哈巴狗,软皮蛇,污糟猫,烂猪,为食猫,跟尾狗。"我听后有点儿自鸣得意。老公又说:"我们家快成了动物园了,你就专职做个驯兽师吧!"

2001年3月4日　（爱荷华）

这是个阳光大好的冬日下午,欧梵跟我从芝加哥转机来到爱荷华机场。主人家早备了车来机场接我们到爱荷华市,沿途所经阡陌连连,农庄户户。进城后,经过几条大街再转一道羊肠山路,即到达"安寓",亦即"鹿园",也就是已故诗人保罗•安格尔及他的遗孀女作家聂华苓的家。甫开车门,即听见几声清朗的笑声从门口传出,随即见到一位笑容满面而神态优雅的老太太倚立门前,她就是我久闻其名的聂华苓。

入到屋子里,把东西安放妥当后,聂华苓领我们到一位友人家用午膳。饭后,在夕阳的光映下,我们开车去到保罗•安格尔的坟前拜祭。我们站在坟前默祷,我虽从未晤会诗人,但拜读过他夫妇合写的《鹿园情事》及他殁后参加过"爱荷华周末"的作家们所写的悼念文章,我仿佛跟他认识已久。就在站立在他坟前的几分钟,我知道,假若我在他殁之前认识他，我一定很喜欢他，但他又是否也会喜欢我呢？想着想着我竟跟他说起话来。我说："我喜欢你。"

扫墓后，我们回到"鹿园"，并到保罗生前的书房参观。欧梵告诉我，十多年前，他还是"爱荷华"的女婿时，每次来必睡在这间书房，这儿能给予他无穷的写作灵感。及至诗人殁后，这房间仍充塞着诗人"气息"，与他神交不绝。来到二楼客厅，墙上挂着不下几十具各式的面谱；五彩缤纷，煞是好看。华苓取柴点火，我们三人围炉而坐，说着闲话，啜着清茶。柴火影绰地照着她那温柔的脸庞，可以想象得到有无数的美妙生活片段留在她的记忆中。华苓和欧梵说着，我静心听着，我犹如亲身参与了无数次热闹的"爱荷华周末"聚会。欧梵忽然冒出一句："我现在仍感觉到保罗在我们当中听着笑着哩！"我听后，心中的温馨又增加了一层。我们用了一顿名副其实的"晚餐"，十二时过后，我们互道晚安，在华苓看我的眼神中，似乎比先前增加了几分亲切感。我把餐前的温馨感及餐后的亲切感一并带入梦乡。

红叶缤纷的季节

附： # 夫妻生活的交流艺术

李欧梵

（ · ）

这两天夜间老婆失眠，怕吵醒了我，自己一个人到书房去睡。我清晨醒来如厕，发现身边不见人，顿时惊恐起来，偷偷到书房窥视，发现老婆好端端地睡在小床上，这才安心回卧房睡去，不知东方之既白，也听不见楼下说话的喧哗，直到听到老婆叫我的声音——"老公！"，清脆又温柔，这才从梦中醒来。其实我刚做的梦中就有她，我们同去参加一个朋友的宴会，嘉宾云集，越来越多，老婆在人丛中不见了，我四处找寻，才发现她在一个小池塘旁边戏水，一不小心把裙子也弄湿了，我赶到池边说："赶快去洗手间把它烘干，否则会着凉的！"老婆爱理不理，依然笑嘻嘻的像个小女孩……然后我们又需要往机场赶飞机了，中途塞车，的士司机没法子又折回来，又向我们敲竹杠，要双倍价钱，正在争执的时候，老婆的一声"老公"把我叫醒了。

我这场梦，前面是美的，后面却带点惊意。我几乎每隔几晚都会做同样的梦——赶飞机，机场就在街头，但我还是急得怕赶不上。这可能和多年来在美国任教的职业生活——到处飞来飞去开会——有关吧。现在退休了，外地的学术会议尽量不参加，就是为了放松，避免这种无谓的急躁和惊恐（我的确有两次没有赶上飞机，有一次还在机场等了十数小时，因为班班客满）。没想到昨夜的梦中却在这个赶时间的主题之外又加上玉莹浸入池水的细节，而这个细节，我下意识地感到是和她上次患抑郁症时的一场惊梦有关的，她梦见自己跳入大

在剑桥家门口

在波士顿 Newberry Street

海,尖叫了一声,我把她叫醒,她又说梦中有一个中年男人劝她不要跳海,她不听,我说那个男人就是我。

玉莹的抑郁症复原后,并未复发,甚至去年丧母时也没有过度忧虑,我这三四年来一直战战兢兢,但心理也早有准备。抑郁症患了一次以后,如果心理或外在环境没有改善,复发的概率很大,西医的预防方法就是继续服药,但西药往往会引起各种反应,玉莹吃的那种特效药会使她略略虚胖,因此在香港她也加入了女性"瘦身"的行列。其实她在中年以后并不痴肥,而且面貌、身材和少女时代无大区别,所以我老笑说她永远停留在"二八年华"的阶段。但她仍然对自己的身体十分敏感,以前更畏惧医生而拒医,好在回港后她交上了那位治好她抑郁症的年轻貌美的女中医,自己身体一有不适,就会自动去她的诊所调理一番,当然更爱屋及乌,把我和我的朋友们也带去看,继续贯彻"普度众生"的菩萨精神。除此之外,她又到处寻求健身养生的方法:从佛家的甩气,到瑜伽的打坐,到最近学到的马光武医师真传的"五一五平衡操"。我为了我俩的现在和将来,当然心甘情愿地做"跟尾狗",随着她早晚练习,几个月下来,连我的糖尿病也减轻了,到了接近常人的程度。对这一切我对玉莹都心存万般感激,非片言只语所能形容。

玉莹每天照顾我,几年下来把我的身体养好了,朋友见面都说我气色很好,人过六十竟然看来更年轻。然而我又如何照顾玉莹呢?我做事一向粗枝大叶,不够细心,最差劲的就是体贴太太的工作:在餐桌上不会为她拿菜;走在路上不知呵护;到市场买菜更是我最烦的事,往往由我妻代劳……总而言之,我是一个典型的中国知识分子"大丈夫":自以为思考的是经国大业或学术上的大问题,不能分心,这种自大心态影响所及，有时我在思考问题时连挚爱的妻子也不存在了！在这一方面，玉莹并不在意，但我近来却想改过自新，因此故意把自己"去中心化"，把心中的任何"大问题"都化小或拆散，避重就轻，如此才可以学着做一个平常人。在退休后更自我警惕，千万不可为身外的名利熏心。这些并不难做，但最困难的反而是在日常生活中学着照顾妻子，特别是在她将我照顾得无微不至的时候，我于心何忍做"大丈夫"？然而生来笨手笨脚，又如何嘘寒问暖地照顾娇妻？

我们婚后，我首先为自己许了一个承诺：每天至少要使玉莹大笑三次！我最喜欢看她大笑时的表情，绝无丝毫羞答答之意，反而意爽如男子，声若洪钟，还会指着我狂噱，像骂我一样，那才是我最得意的时刻。而且玉莹的脑子反应奇快，我所有的语言幽默，勿论大小，她都立刻会意，不禁失笑。所以，我们之间也极少有严肃地深谈国家大事的场合，大多谈的都是身边琐事和对人生的各种感受，感悟居多，理性甚少，而且现在我拒绝分拆大问题。有时她也会像小孩子一样问我："点解呢？"甚至谈自我感受时也问我，以前我会忍不住长篇大论一番，特别是用我自以为擅长的心理分析。然而在经历过上次玉莹的抑郁症之后，我把所有的心理分析的方法都用尽了，依然对她毫无功效，于是我从此放弃了知识分子惯用的理性分析，一切归诸感性，时日稍久，发现我俩过平常日子也轻松了许多。这并非意指我们不讨论学问，但我学会了一切以平常心度之的方法，学问亦然，特别是我俩共嗜的文学。我写中文文章时笔调不自觉地也轻多了，甚至变成了我的一种风格。玉莹当然是我每篇文章的第一个读者（但有时偶尔为了学术场合而写的重头文章，她则没有兴趣看）。

从我们的日常生活中我学到一个"至理"——轻松至上。这看

在卫斯理学院

2001 年摄于剑桥家中

来容易但做来颇难,特别是生活在香港这个时间就是金钱的"搏命社会"。我反省自己在美所犯的一个大错误,就是把工作上的压力带回家里,特别是当我找不到所要的文件或电话号码时会大发雷霆。我们婚后的那年春天,有一天就是因为诸多烦心,我动了肝火,拍桌顿椅,把玉莹吓哭了,却没有想到这恰是她得知她母亲旧病复发,可能不治的关键时刻,因此她连续数天失眠,不久抑郁症就复发了。

从此之后,我学到了如何在日常生活中去除紧张的方法,但并不是压抑,而是调理,我有了脾气仍然发出来,但发了就了事,而且不忘自嘲,不把它当作一回事儿,而且急躁过后立刻"讲笑",以缓和气氛。玉莹性情温和,从来不发脾气,相形之下我这个"大型"的男人真有点自惭形秽。然而她对于我的心情起伏似乎了如指掌,看到我心烦不语时会对我巧笑倩兮,一番小温柔就令我渡过难关。然而玉莹也有紧张的时候,那就是应约赶时间或做事太过伶俐所造成的心理压力,往往使她的动作显得急促,颈边冒汗、走路时头部低垂、肩部微驼,我看在眼里就会不停地重复说慢慢——慢慢——慢慢!而且越喊越慢,直到符合音乐上的"慢板"(adagio)拍子。出门时她往往骤然回到厨房,再查看一次炉火熄了没有,因为她时而煮饭时忘记熄火,把一盘好菜烧焦了。这是一个好习惯,我绝不催她。几年下来,我发现从来没有用"快点"或"hurry up"这个"现代性"的字眼。我们都到了珍惜时间的年龄,每天过平常日子只希望它过得越慢越好。哪有快的道理?

"时间过得真快"这句俗话,我要把它彻底消除!

（二）

时间之外当然还有空间。平日玉莹和我形影不离，如胶似漆，我尤其变成了一个"糖不甩"（广东话黏在一起的意思），外出应酬往往成双入对，朋友之间看惯了也多不以为忤。然而日常生活也需要彼此有"空间"的调整，英文叫作"leave me alone"——享有自我的空间。在这一方面玉莹最识得做，早上我看书听音乐，她必会避开到卧房去工作。晚上我喜欢看老电影，她比我挑剔，不看武打片，往往陪我看一阵子，然后就悄悄离开，让我一人专心欣赏片中的打斗场面；偶尔她也有"舍命陪君子"的兴致，我更会即席表演一番，除了在紧要关头大声叫好外，看完了还要在她面前比画一番：一个老男人蹦蹦跳跳地在空中比画斗剑，哪有不笑之理？能博得老婆一笑，乃我最开心的事。

我却要学习如何给老婆足够的空间。问题是我总有一股潜在的不安，怕她一个人孤独久了会心情不乐，抑郁症的阴影永远在心头，所以不时会偷望一眼或进入她的"闺房"去问一句："老婆你好吗？"这个举动看似体贴，但我们都知道，是我在"监听"（monitor）她的心情。这一个心灵空间的把握就微妙多了：我"听"得多了，似乎有碍她的 privacy，听得少了心里又不安，这是一种"平衡"的艺术。所以我往往把一句贴心话挂在嘴边："老婆我挂住你！"老婆听后必会依样画葫芦学着我说一遍，两人会心而笑，心情也轻松了。

夫妻之间需要彼此的空间，这是一条至理，但如何"调理"（fine tuning）？我和前妻的婚姻破裂，原因之一就是给予彼此的空间太多，又因工作关系各居一方，相敬如宾，终至于成了陌生人。然而两人长厮厮守也需要艺术，特别是我俩都很敏感，加以玉莹有抑郁症的先例，我更要小心翼翼,非但不伤和气,而且还要在两个敏感人的"相互主体"之间维持一种"状态",我觉得这至关紧要。经过近五年的生活经验,我得到几个小结论,愿以夫子自道的方法和有心的读者共享。其实,人与人之间的交往也往往如此,只不过夫妻生活更"近距离"一点,像电影中的特写镜头一样。

互相尊重是夫妻之间最基本的要求,不必细表。除此之外,两个活生生的人在一起过日子,最重要的就是定下一个轻松的基调,有了这个生活的基调后,不说话也不要紧,沉默中带有温馨,尽在不言中,也是一种"美感"。但我也必须处处探测这种沉默,务期把这种沉默的时间和空间调理得适当,这有时却要大费周章。因此我得到一个沉默和语言之间的悖论:在双方沉默之中让妻子知道你在向她说话——"老婆我挂住你!""老婆我好想你!"——但在彼此说话的时候要学会沉默静听。夫妻生活一久最大的疏忽就是彼此不"听",男人犹然,妻子的柴米油盐话犹如耳边风,甚至不耐烦。但我妻向我说这类"话语"的时候往往内藏玄机是和养生有关的,她非但精通厨艺,而且读过不下数十本有关食物养生的书,有时候她向我灌输读者心得时,我作为"高级知识分子"的毛病又来了——怀疑或质疑她的论点,但这种养生的理论源自中国传统文化,说来似是而非,但背后却有博大精深的哲理,是不能用西方怀疑式的理性主义检验出来的。积数年"听"的经验,我虽还做不到信仰的地步,但却甚为好奇,而且愈听愈奇,愿意跟着老婆一试,于是我们的日常生活中又增加一份乐趣——养生。才杂以食物来养生,我在实践之余也向她灌输另一个道理——音乐养生,因为我坚决相信:莫扎特的音乐非但可以使母牛多奶、使刚生下来的婴儿有智慧,而且更适合作为夫妻之间调剂生活的妙药,容在下文细表。

（三）

夫妻关系最重要的一环就是语言，其实这也是人与人之间交往的重要要素。这个"语言的艺术"又分两种：肢体语言和说话的语言。二者互补也互动，缺一不可。

肢体语言当然属于我们的隐私，无可奉告，但须得泄露的是我们两人都很西化，不敢作道貌岸然，所以走在街头必手拉手，像年轻恋人一样，有人说我们把肉麻当有趣，其实是有内中道理的：玉莹以前因视觉和膝盖受损，时常跌倒，所以我拉着她手走路也是一种保护，近一两年她的身体状况大有改善，但我拉她的手更紧，因为自从她抑郁症之后，我感受到她的另一种心理上的需要：有时候我拉她的手不过略有放松，她就会生起气来，说我不够诚心，我知道，她多年来饱受抑郁症之苦，主要原因就是没有获得足够的爱和应有的自信心。男人在婚后如何向妻子示爱，并以此坚定她的信心，这听来是老生常谈，但做起来并不容易。

所以我一改婚前麻木不仁的作风，深感"体贴"之意也有两层：在日常生活上肢体一定要多接触，而在说话的语言上更要显得对老婆重视。在这一方面，我自认做得有些过火，每次公开演说，有老婆在场必提老婆一次，后来日久成习，老婆不在场也提老婆，"真是不知羞耻"，我似乎可以想象到别人的批评："怎么在大庭广众之下公开宣布自己是老婆的'跟尾狗'？"我从不自辩，反正人老了也豁出去了。但这也是我设法恢复玉莹的自信心的方法之一。让她不像从前一样，在公众面前处处隐没自己，甚至不露面更好。这个传统妇女的"美德"——也是她幼时从外婆处受到的家教——却令她非但没有自信，也没有自我,似乎除了一个普通的家庭主妇之外她在大半生没有演过任何角色。所以我偏要她在大庭广众之下抛头露面,先克服这种恐惧之后,下一步就是在公众场合也能很自然地表现自己。玉莹和我的各类友人交往皆不成问题,但唯独当她要在大家面前演"独角戏"的时候却惊恐万分,所以我故意鼓励她演讲,这对她是一件难上加难的事情。令我惊讶不已的是:她最近受浸会大学中文系之邀作"处女航"演说时,前几日紧张万分,我不得不预做准备,随她上场以备不时之需,不料她一开口就滔滔不绝,而且有条有理地讲了足足五十分钟,我连插嘴的机会都没有!所以我对妻子半开玩笑地说:下一次可以到广播电台去主持一个妇女节目,而且还需有答客问的部分!

当一个极无自信也极不善言辞的人可以在公共场合说话的时候,她的自信心至少恢复了一半,但更重要的一半却是夫妻日常生活中的甜言蜜语,在这一方面,我也的确花了一些功夫。中国大男人的习惯一向是不解风情,不愿对"贱内"说"我爱你"之类的亲热话语,试问夜半无人私语时说一两句"体己话"又有何不可?但更重要的是有一个分寸:说多了妻子会认为你不诚心,在说大话;说少了妻子更会觉得你感情冷淡,而大多数的中国男子——特别是在结婚多年以后——不知如何向妻子表达自己内心的感情,甜言蜜语更是说不出口,怎么办?

我在一改前非之后,悟到了一点感情语言的艺术,以下是少许心得:

——说"老婆我好爱你"的时候必须"合时",也就是双方心情最脆弱(vulnerable)的时候,特别是我有感情需要时更要先向老婆示爱。

——说多了也不能使老婆觉得麻木,所以主题要有变奏。需知这是一个"非浪漫"的时代,表现浪漫之情也需要匠心:别的男人送花或名贵礼物,我却只要说话,而且略作夸张地,说得老婆眉开眼笑,表面上嗤之以鼻,但心里还是很明白。这也需要技巧,譬如以下的对话:

"老婆我好锡你,你真是天下第一!"

"咄,丢你的!张着眼说大话!"

"我说的一点不假,因为这个世界就只有你和我,你当然是第一我是第二,宁愿做你的'跟尾狗'!"

"跟什么尾,胡说!"老婆说着也不禁笑颜绽开,像一朵鲜花。

"我真的需跟你到地老天荒,下一辈子也要投胎做你的'跟尾狗'!"

"狗的寿命不长!"

"那么,做牛做马做绵羊都可以……"

"还不如做乖猪算了,叫一声给我听!"

"我只会学狗听,你要听老狗、中狗还是小狗的叫声?汪——汪,汪汪,汪汪汪汪!"

老婆早已笑作一团。

卷

三

诗

谷

记

缘

（一）

　　"诗谷康桥两地缘"——这是余英时先生为祝贺我和玉莹新婚所作的一首诗中的一句。"诗谷"一词,指的是芝加哥,闻一多曾经用过这个译名,我竟然不知,后经余先生和夫人点明才知道,真是惭愧万分。我和玉莹的缘分,就是由诗谷起而在康桥结的。

　　闻一多曾在芝加哥城中心的芝加哥艺术学院（School of the Art Institute of Chicago）念过书。记得我读过他一篇描写华盛顿公园的文章,充满了秋意,虽然不至于"秋风秋雨愁煞人",但也衬托出他当时在诗谷孤苦伶仃的心情。

　　我和玉莹当年都住在芝加哥大学的所在地海德公园（Hyde Park）,我住在湖畔的一间二十多层的公寓里,她和丈夫住在一幢学生宿舍,在 Dorchester 道和五十三街之间。我家东边也有一个临湖公园,夏天特别热闹,不少人来此游水野餐,黑人男女尤多,夜半闹声不绝,小播音器开得震天价响,不胜其烦。我在三楼窗内遥望,看他们成群结队饮酒作乐,也不胜羡慕。

我住的房间朝东,上午阳光灿烂,但到了黄昏时刻则暗得早,尤其是深秋落叶已尽,湖面一片茫茫,华灯尚未初上而寒夜的气息已经笼罩大地。我临窗而坐,读书阅报之余,听古典音乐,有时一曲刚完,曲终梦回,心中会突然感到一股苍凉,甚至自我伤感起来。"读书恋爱两无成"——好像这句年轻时常说的一句俗话,对我倍觉适切。

我于1982年来芝大任教,已经年过四十,但仍觉一事无成,在芝大中古寺院式的学府中,感受到一种阴森森的思想压力,似乎在海德公园里碰到的每一个人都比我的学问好。我侥幸来到这所名校,实在有点滥竽充数,该学的东西太多了,除了本行之外,还有大量的理论书籍应该读。时常到著名的"修道院书坊"(Seminary Bookstore)浏览群籍,会碰到不少知名或不知名的教授学者,有的白发苍苍、道学高深,有的怒发冲冠、不修边幅,都很盛气凌人,于是我不自觉地变成了他们的"跟尾狗",看他们买哪本书,我也买。有时候也道听途说,别人谈福柯,我也赶快买来读,同事和友朋谈到的书,我更不放过。记得还特意到老友余国藩教授的课堂上旁听,他是芝大科班出身,又身兼四个系,享誉甚隆,所以我更虚心求教。我的系主任是教日本史的,但理论功力特高,记得有一次到他家做客,便急上厕所,赫然发现在马桶台上就有一本法文理论书!不禁令我心焦如焚,遂发奋苦读。在芝大图书馆申请到一间斗室,位居五楼墙角,门锁了以后与世隔绝,于是我每日课余就蜗居在此,像一个自闭的囚犯一样,苦读理论。有时因读不懂而昏昏睡去,醒来时已日落西山了,从斗室的小窗口只能看见远

处洛克菲勒教堂的钟楼和对面那家小修道院的屋顶,更觉自己过的是
苦行僧的生活。

　　其实我没有什么生活。除了授课、开会、读书之外,就是开车进城
听音乐会,或在家打开唱机,任由音乐洗涤我的灵魂。和中古的僧侣
一样,我执意独身,只认"书中自有黄金屋,书中自有颜如玉"。在一
篇题为"象牙塔内的臆想——我的书房"一文中,找这样写着:

　　　　虽然我在书中找不到红颜知己(其实也不尽然,我的确爱上
　　了不少文学中的"红颜"),却发现了不少"言如玉"——所谓"字
　　字珠玑",实在有其道理,因为语言文字就是人的心智和文化的精
　　华,因此,"言如玉"就是好书,我热爱书就好像热爱"红颜"一样。

　　此言虽然不差,但也有点强词夺理。现在重读,在字里行间很容
易看出一种心理上的"取代"作用,故意把颜如玉解作"言如玉",所
流露的反而是"禁欲主义"压力下自己"下意识"地对"红颜"的
某种向往。所以,文中的下段又说:

　　　　至于"黄金屋",我只好开玩笑地向一位来访的朋友说:我
　　在芝大有一个"阁楼"(Penthouse,此字语意双关,常看这本同名
　　杂志的人——如老友刘绍铭——自知其味无穷),而且这个阁楼
　　也是金屋,里面燕瘦环肥藏了不少"娇",如不相信,可以进来看
　　看我书架上的《唐传奇》和明"三言",或是那本《语言与欲望》(这
　　本书的内容和作者都是"其美无比")。

这段文字就更露骨了〔也有不尽符实的地方,老友刘绍铭当年更嗜《花花公子》(*Playboy*)杂志,而不是《阁楼》〕,我这个"金屋"书房所藏的各"娇",表面上是书本里面的人物或作者(《语言和欲望》的作者是 Julia Kristera,书后照片的确艳光照人),但背后何尝不是我个人欲望的投影? 其实不需要 Kristera 的理论就可以看得出来。

是的,事隔廿年后我必须承认:那种独身生活,一方面使我的"内心生活充实了很多"(当时的辩词),另一方面也使我感到内心的空虚。书本不能替代人生,我当时虽没有和人生全然隔绝,但并不了解人生,因为在我的日常生活中没有太多的"人"。

在芝大最初几年,我在日常生活中最亲近的友人(也犹如家人)就是玉莹夫妇。我这个典型的"象牙塔"里的书呆子,写了那么多语意双关的"妙语",却从来没有想到近在眼前的颜如"玉"——玉莹。

(二)

那天,你和我坐计程车首先经过你在湖边的家,再步行到我和前夫居住多年的旧居——已婚学生宿舍。从宿舍门口探头望进去,外观都没有多大改变,你也曾无数次从这道门进到我家吃晚饭。当时,你还是个单身汉,因为懒得烧菜,就在我家包伙,每星期三顿,足有五年之久,日子可不短呐! 除了替你烧饭,我每星期到你家洗衣整理家务,仿佛那时候已经开始做你的隐形妻子了。后来我们毕业回港,有时候还惦念着你如何解决晚餐问题。从旧居出来沿着公园向芝大校园走去,那个小公园是我以前最喜欢流连的地方:有时散步,有时跑步,更有时坐在那些长木板椅上沉思。尤其在冬日的灰暗的天色下,心情郁闷的时候多，有很多次我坐在那儿流泪，发泄心中的郁结。那天你拥着我、听着我诉说当年的心情，寒风刺面，但内心却是温暖的。离开公园漫步来到校园的四方院子，在商学院门外徘徊，那儿的地下室咖啡小店，我曾在此工作两年多，后门外有一块草坪，无数次我下班后，人累了，就躺在那里休息，望着无边的蓝天发呆。对于不快的婚姻关系不知从何改善，只好拖延下去，结果弄至双方痛苦收场。

向前到了维根斯坦图书馆门外，我们拍照留念。你说你曾在馆内的小读书房消磨了何止千万个小时，啃着无数的文学理论书本。如果当时我们已经相好的话，你是否仍会如此没头没脑地一味看书呢？但那时我和你是不可能相好的，因为我已早为人妻，你纵然有意，我也不敢接受的，更何况你是个正人君子，朋友妻你不敢欺呀！

星期天，校园内所有建筑物都关闭了，只剩下修道院地下的书坊仍开着，你我顺道下去看看，你买了两本书，我随便浏览一番，热了脱下了衣服，历来都觉得这书店的暖气特别暖，这次似乎又更觉得热不可耐，大概是你我正在热恋中，体温又比平常高，对吗？

午饭时间到了，你问我喜欢吃什么？我提议吃意大利薄饼，这是我最喜爱的美国食物，尤其是回到芝加哥，当然要吃意大利薄饼。记得到达芝加哥的第一天晚上，友人从机场接了我，即带我到市中心的那家 UNO 去品尝意大利薄饼，那时初来乍到，对前途自是充满希望。现在我要吃意大利薄饼也是要寻回那种热切的感觉，而这种感觉是甜蜜而实在的，虽然是迟了十多年，但你我更加珍惜，是吗？

吃过中饭后，要回到北密歇根大道的旅馆去，你我在路上边行边找计程车，走了一大段路却看不见车，路上静悄悄的，看不见行人，就好像我俩过去十年在人生的道路上，走着走着，总没有碰见一个合适的对象，更找不到归宿一样。那天，我和你谈着笑着走着，最后终于截到一辆计程车，把我们载回旅馆——我们暂时的家。我们都很快乐，因为彼此找到了对方。这是个完美的结局。

1978 年我随前夫来芝加哥大学，伴读生涯几近十年。那儿的学术气氛浓厚，同学周末聚会都在讨论问题，连我这个"无知少妇"也多少沾染了一点书卷味。我特别喜欢芝大校园的哥特式建筑物。在寒风凛冽、大雪纷飞的时候跑在街上，眯眼看着校景，油然发起思古之幽情。遥想起中古时代的苦行僧在修道院中修行，芝大的师生都顿然成为一位位的僧侣。

读西方古典小说，尤其是俄罗斯小说，常跑到 Reynold's Club 地下书店买企鹅出版社的经典小说，如《战争与和平》《父与子》《复活》《罪与罚》，其他也有法国小说《包法利夫人》及莫泊桑的短篇小说。读这些小说令我欣赏文学的水平提高了，浪漫之余还有人文精神，叫我看事物都多少带有点悲天悯人的情感。芝大除了书店多之外，维根斯坦图书馆更是世界著名；其中的远东图书馆藏书之丰足可与哈佛的燕京图书馆媲美。那时，我打零工大半天，工余总爱到远东图书馆借一大堆书回家读；那些书大都是现代文学——小说占大多数，张爱玲、白先勇、陈若曦、於梨华、鲁迅等人的小说都无一漏网，后来也读了很多晚清小说。那时，大概我是开始成熟了，而我的"少女情怀"也就如此渐渐隐没在这所"中古时代的修道院"中。

1993 年的一个黄昏，在远东图书馆外面的阅览大堂，我第一次遇见欧梵独坐大沙发上看书，我早闻其名，也在报上见过其面，看见他的

Gaylord：玉莹和前夫住的芝大学生宿舍

与文正在芝大校园

第一个感觉是：这人有点孤独，很需要人照顾。他身上穿了一件黑色樽领羊毛衣，外罩一件"耀眼蓝"披褛，起了褶纹的黑色吊脚裤，上唇与鼻孔之间长了八字须。旁边放了一个黑布袋提包，神情有点委顿，却不失书卷味。

那时我的丈夫在远东图书馆打散工，我立即着他问欧梵当晚是否有空来我们家晚饭，他很爽快就答应了。于是我飞快赶回家预备饭。记得那天我刚学会弄广东烧鸭，他大快朵颐之余，当然大为称赞我的厨艺。他这种长久未尝家常菜的王老五是很容易打发的。这一顿饭，就结下了以后五年的"包伙缘"。后来熟稔了，我更加"登堂入室"，替他打扫家居，好像在那时已经开始照顾他了。

（三）

当年玉莹和文正住过的学生宿舍，名叫"Gaylord"，不知出自何典，一幢四层楼的红砖建筑，实在貌不惊人。

走进大门登电梯直上四楼他们家，还没进门就冲鼻闻到一股炒菜的香味，我顿时饥肠辘辘，忙到厨房招呼一声："师妹，我来了，今晚饿了，一定要力食！"这个"力食"是广东话，但除我之外不见人用，所以成了我的专用词。玉莹端上菜来，如果是我们三个人，至少三菜一汤，我当时饭量惊人，每次都风卷残云式地吃得片甲不留，而且大部分汤菜都到了我胃里，他们二人当然让我大嚼大咽，不置一词。玉莹忙着招呼，好像每顿饭都吃得很少。饭前饭后，我又大肆吹牛，偶尔也借机讽刺一下同事和学生，为自己出出气，他们也不以为忤，从不对外人提起。所以，除了他们以外，别人看到的我仍然是一丝不苟、"道貌岸然"的年轻教授形象。

其实我那时已经人到中年了，教授的资历虽浅，精力也还旺盛，但自我的感觉并不良好，甚至觉得未老先衰，所以每次在吃饭之前刚坐上桌子，我就会惯用一句自嘲的话：垂垂老矣！玉莹不以为然，有时还善加鼓励，酒足饭饱以后，自我感觉就又良好起来，吃完告辞回家或到图书馆挑灯夜战，精神抖擞，直到深夜。

* * *

自从我认得欧梵开始，他从来就没年轻过，当年就"垂垂老矣"，现在岂不更是"老过老虎"吗？这是一句广东俗话，但欧梵仍然强辩："我是狮子，不是老虎，因为我的英文名叫 Leo！"但是我从来没有叫过他的英文名字，多年来一直称他师兄，现在我和欧梵结婚，改口叫他老公，文正却成了我的"师兄"！

* * *

我在他们家搭伙，每周至少三次，竟然持续了五年之久。直到现在，每天回家吃饭，仍喊肚饿，不过我的广东话更成熟了一点，除了喊肚饿之外，再也不说"力食"了！这不仅仅是因为这种说法没人用，更是因为玉莹力禁我多食，因为我患有遗传性的糖尿病，每顿饭不能过饱。但从小养成的馋嘴的习惯又改不了，所以吃饭更"麻烦"了，虽然肚饿，却只能吃到七分饱，害得每顿饭她都要和我作"拉锯战"：她不准我多吃肉类的食物，但我每餐非肉不能饱，所以往往用尽各种骗术和借口以求多吃。玉莹铁面无私不让步，时日久了，我的饮食习惯也逐渐改好，糖尿病因而减轻不少。老友张错看到此情此景，不禁叹道："欧梵看似痛苦，其实在享福，因为现在有老婆管了！"但有时

文正得芝大博士合影

1968 年 12 月摄于英国剑桥大学

说完还是偷偷地"作弊"为我加菜，老婆说我的这些朋友都是和我"狼狈为奸"。

我在海德公园的湖畔公寓住了八年之久，这幢大楼，是由现代主义建筑大师 Mies van der Rohe 设计的，在芝加哥也颇为知名。外观没有什么特色，钢骨水泥材料，外面再加上浅黄色的砖，据说它的功能全在室内[这一派的现代建筑，有人就称之为功能主义（functionalism）]，各间公寓的隔音设备甚佳，所以我在客厅把马勒的交响乐开得再响，邻居也不会抱怨。客厅面积甚宽，是我的活动中心，两间卧室和一间餐厅则嫌狭小，我把一间面湖的卧室当作书房，另一间背湖靠里面的是卧室，内置一张床，一个小衣柜，上面放一台电视机，只此而已。朋友来访或借住，书房如果不够用，则在客厅和餐厅的接连处打地铺，开party 更是大家席地而坐。八年来海峡两岸的华人作家到芝加哥都由我接待，没地方睡都在我家打地铺。我一向随便，客人人来人往，一律自由，我不负责饭食，只招待早餐，因为我厨艺太差，只会做简单的早点：炒蛋、烤面包和咖啡，人人平等，吃的都一样。有时候会有好心的作家夫人帮忙照料，譬如刘宾雁的夫人朱洪就曾亲自下厨做菜和包饺子。有一次茹志鹃和王安忆母女来访，看我亲自下厨炒蛋，还称赞了一番："大教授竟然亲自下厨！"其实在美国教授会做菜的人多的是，没有什么了不起，反而是不少大陆男性知识分子和作家，养尊处优惯了，处处需要老婆为他们服务，所以我每次都大赞他们的贤内助，并借此揶揄一番他们的"大男人主义"。

其实我何尝不是一个"大男人"？单身未婚时什么家务都不会做，只得花钱请人帮忙料理。食的问题解决了（不在玉莹家吃饭的日子则只好在外面餐厅随便乱吃，或自己在家下碗面吃），住室清洁和洗衣问题实在是件烦恼事,因为我最不喜欢打扫和洗衣——当然更不喜欢买菜,只好请女工。海德公园区黑人很多,所以应征者大多是黑人,我请了一个黑人老太太,人缘极好,性格也直爽,但做事实在不够"勤力",她因家事辞职后,我一时找不到适合的人,这才知道师妹为了接济家用,已经接了好几个打扫的差事,我于是顺水推舟,也请她为我打扫,每两周来一次,我当然照付酬金,后来干脆把它和饭钱合并,每月一齐付清,所以,我可以算是玉莹的忠实雇主。

最初玉莹来我家清扫的时候,我还略感腼腆,所以早晨出门之前还稍把零乱的卧室整理一番,过了不久也就原形毕露,顾不得那么多了。她每次来的时候,我就故意回避,我想原因之一就是"眼不见为净"的鸵鸟政策,一个乱摊子听凭她处理,我看了反而不好意思。玉莹事后常说:恐怕还有其他原因吧,譬如避嫌?!除了清扫之外,玉莹也为我洗衣和换洗床单,时日一久,她发现了我的不少"陋习":譬如内衣裤并不每天换,床单和浴巾旧得不成样子,她实在忍无可忍,亲自进城到百货公司为我买新的浴巾和床单,换上新的以后我竟然视若无睹,所以在她家吃晚餐时,她也禁不住揶揄我一番。

*　　*　　*

现在还叫他"污糟猫",就是指他不勤于换洗的习惯,穿衣更是如此,每天出门都穿同一件西装上衣,裤子也历久——至少两星期——不换。最近在香港见到当年同在芝大的甘阳,他还记得他那件西装上衣:颜色奇丑无比!现在婚后每天更衣,是有原因的。我最近对他说:在芝城我时而自己进城去逛百货公司,心情不好的时候,也为自己买件衣服,不论买还是不买,每次回家必然头痛,至今不了解是什么原因。

*　*　*

除了洗衣、做饭、清扫之外,玉莹偶尔也为我招待客人。他们夫妇都非常好客,他们家是芝大香港同学的大本营,往往在周末请客,来"食"的有时候竟有二三十人,玉莹普度众生,待以广东粥、咖喱饺等等,全体大快朵颐而归。其中也有七八个学生自愿到她家搭伙,和我一齐进食,使得玉莹辛苦万分。这些香港学生都要喝广东汤,玉莹说每餐加价美金五角,他们竟然不肯,所以两个多月后玉莹忍无可忍,把这批吝啬鬼一律扫地出门,只剩下我和另一位朋友邵祺,凑巧都是学文学的,大家相谈甚欢,也建立了友情。

玉莹夫妇都喜欢文人,所以当海峡两岸的作家和艺术家朋友来访时,我照顾不来就请他们代劳,所以不少名人——如吴祖光、胡金铨、李怡——都尝过玉莹的手艺。

她的烹调方法与众不同,虽然基本上是广东菜,但千变万化,全靠她的灵感。她的配菜方式也与众不同,譬如把青椒、红椒、白蘑菇、菠菜和豆腐干炒成一盘,还加上一小片柠檬调味,真是色香味俱全。当然她煮的各种广东汤更是独树一帜,把补身的药材放进汤里煮,我吃得津津有味。我生在北方,一向不喜欢吃鱼,但她煮的鱼汤却精美可口,甚至汤里的鱼——或她另炒的鱼——吃起来也像猪肉一样。

她在芝大的拿手好戏还是咖喱饺,自己在厨房试验成功以后(关键是在放进烤箱之前要在饺皮上涂一层蛋黄),周末请同学来就大量复制,喂饱了几十个饿死鬼以后,有人向她献上一计,怎么不干脆做咖喱饺的生意,拿到芝大各学生食堂或小卖店去贩卖?此计果然一举成功,玉莹每周至少可以卖一两百个咖喱饺给学校的小食店,每个卖六七十美分，小食店转卖一美元，互相得益。但最得益的还是学生，芝大学生的餐厅伙食以难以下咽著称，玉莹的咖喱饺名声不胫而走，芝大的商学院和神学院的小食店变成了两家咖喱饺专卖店，每到中饭时刻，顾客如云，如此盛况竟然持续了两三年之久！他们离开芝加哥之前，玉莹把她的秘方教给另一个香港来的留学生太太，由她继续复制"李氏咖喱饺"在芝大出售，以此谋生！〔我最近还对玉莹灌输一套本雅明的理论："艺术品的机械复制。"本雅明指的是电影，他没有吃过玉莹的咖喱饺，否则也不会只谈绘画原品的艺术灵气（aura）了，因为我可以作证，李氏咖喱饺的特色是：经过大量复制后仍然不失原味！〕

在此之前，玉莹早已在芝大商学院的地下小食店打工，负责制作各种三明治，她用同样的菩萨心肠普"喂"众生，不论是穷学生还是名教授，她如看得顺眼，就把三明治里面的"原料"加得特别多，厚厚的一堆，不另加价，据说也是名声卓著，她的老板也不介意。不知为什么，我在芝大八年，从来没到过商学院买午餐，坐失良机，真是后悔莫及！（我真的后悔吗？当时我明知她在商学院卖三明治，为什么竟三过其门而不入？也许下意识有点不好意思？为什么不好意思？玉莹说可能我当时已经"心中有鬼"，在暗恋着她。然而我又不能承认，因为我的上意识坚信朋友之妻不可欺，从未分析过自己当时的感情。玉莹又说：她每次来我的公寓清扫，我避而出门不见，原因相同。）

几个月前玉莹陪我到纽约大学演讲，见到我在芝大当年的同事和老板，日本史和理论名家 Harootunian 教授，见面时还没有等我介绍，他就冲口而出："我认识你，在商学院地下室小食店，我最喜欢吃你做的咖喱饺和三明治！"

（四）

重游芝加哥的那天中午,我和玉莹没有去商学院地下找那家小食店,星期天关门,即使去也不得其门而入,只好到附近一家意大利店去吃 pizza。玉莹说当年她常到这家店吃意大利薄饼,但她最喜欢的还是芝加哥城里的另一家:UNO——原意是"第一",现在已在美国各大城市有连锁店。她第一天去芝城,朋友就请他们到这家"第一"店吃 pizza,但此家所做的不只是薄饼,而是以厚饼(deep—pan pizza)著称,如今早已家喻户晓。当时才刚刚发迹不久,我认为这种厚饼和玉莹的"厚三明治"有异曲同工之妙,吃到肚子里特别扎实。

在我心目中,芝加哥这个城,有三个"第一":芝加哥大学、第一厚饼和芝加哥交响乐团。芝大寺院式的学术气氛至今雄冠全美(相较之下,哈佛像是一家学术社交俱乐部,人间烟火太盛);第一 pizza 当然自不待言;而交响乐团(简称为 CSO)正是在萧提爵士指挥之下达到巅峰状态,所以我时常开车进城去听 CSO 的音乐会。我有一个怪癖:听音乐会不喜欢有人陪,自己一个人听才能专心,或可臻忘我的境界。今年结婚后玉莹陪我去听波士顿交响乐团的演奏会,她于开场后不到十分钟就昏昏入睡,我非但不以为忤,反而听起来也像回到当年在芝加哥一样,一个人和台上的指挥作心灵对话,有时候性起,或觉得指挥对速度的控制不当,也禁不住右手偷偷地打拍子过瘾一番。(玉莹知道我有这个指挥瘾,所以晚饭后鼓励我作廿分钟的"指挥"运动,有时也闻歌起舞,变成了我的忠实听众。)

到了暑季,我会一改常态,特别喜欢请朋友同去 CSO 的夏季驻在地——城北的 Ravinia 公园——去听音乐会,更方便的方法是到城里的格兰公园（Grant Park）去听免费的音乐会，因此而留下不少回忆。在这方面，我似乎同玉莹的缘分还不够，只记得请他们夫妇去过一次，那晚玉莹颇为认真，盛装赴会；还有一次我请他们夫妇到城里艺术中心去看电影（胡金铨影片的回顾展），玉莹也是盛装，一身红，头上还戴了一顶法国帽子，活像一个巴黎时装模特儿，那可能是我第一次对她产生怜香惜玉的感情。现在回想起来，当时的感觉——就是那么一瞬间，最多几秒钟，但至今记忆犹新——有点特别，也很复杂：第一个感觉是她和那个场合极不相称，不是什么盛会，为什么如此打扮？第二个感觉是玉莹有点小题大做，反而显得俗气，但马上又觉得这也许就是她多年来唯一可以穿这种漂亮衣服的场合，即使是借口也得穿，因为她只是一个学生的太太，每天打工，周末的唯一娱乐是请一大堆朋友和同学来家吃饭，或搭其他朋友的破车到唐人街的那家"七宝餐厅"吃夜宵（好像我们三人一齐只去过一次，吃云吞面）。她的生活单调，可能比福楼拜笔下的包法利夫人更闷，但五六年来我没有听过她一句怨言。诚然，以学生的标准来说，他们夫妇的生活不算苦，我初来美国念芝大的时候就比他们更苦，一切生活费用要靠自己在图书馆每周打工廿小时挣来，每小时的工资仅一元二角五分，周末还要到一个科学实验所（Fermi Lab）去看库房。每天三餐都必须精打细算，有时甚至朝不保夕，晚餐没钱买（当时住在芝大的国际学舍），只好借一个煮咖啡的小电杯在自己房里违规煮面条吃，没有什么作料，实在难以下咽。即使如此，好的电影——特别是欧洲片——还是照看不误。有一次到附近的海德公园电影院观看苏联片《贵妇人与狗》（根据契诃夫的小说改编），碰到念社会思想的林毓生，我直言没钱吃晚饭，饿着肚子来看电影，他顿时大为感动，我们因此也交为朋友。这件小事，后来他还颇宣传了一番，成了我年轻时代"波希米亚"形象的一部分。

如果不是他提醒,我早记不得了,然而却记得如何在打工半年后,就拿辛辛苦苦节省下来的三十元美金去买了一架收音机,因为我嗜音乐如命,饭可以不吃,但三月不听音乐,什么佳肴都没有味道了。

王莹当然不像我对音乐和电影如此痴情,在芝大住了十年,她极少听音乐会,电影有时看,但也不像我看的那么多,我猜文正都把积蓄拿去买书了!他也是一个好丈夫,从来不过问玉莹如何花钱,也许,买件漂亮的衣服穿,成了她唯一的奢侈的娱乐,但却没有什么场合可穿!(玉莹说:"现在还不是一样?嫁给你们这种读书人,根本不会去什么大场合交际,买了漂亮衣服也没机会穿,奈何?"不过我还是鼓励她多买衣服,穿了自己高兴不就行了?当然,情人眼中出西施,我确实觉得已到更年期的她比在芝加哥的时候更美。)

我必须承认,就在那一瞬间,就只有那两三秒钟,我十分同情玉莹,甚至有点为她不值。说是怜香惜玉未免庸俗,也不见得高贵。我知道当时自己的真切感觉:怜悯之中还稍微带点瞧不起,似乎把自己的世故(sophistication)突然提得很高,而把玉莹视为没有见过世面的小家碧玉,穿得虽漂亮,却不够落落大方——她绝对比不上我幻想中的贵妇典型,譬如摩纳哥王妃葛丽丝·凯莉(Grace kelly),或是布纽尔(Bunuel)的电影《白日名花》(Belle du Jour,香港译为《青楼红杏》)中的凯萨琳·丹妮芙(Catherine Deneuve)!我虽然"小看"了她,然而说不定就在那一瞬间,也在我的下意识中种下了爱苗。这件事,我从来没有和玉莹仔细谈过,因为事后的回忆是不太可靠的,连我自己也不见得完全相信自己。如果我有托尔斯泰或契诃夫的文采,或可写一篇短篇小说。事隔十多年,我只能说那时的感觉是真的,而

在芝大校园 (Quad)

事后的分析反而不令我满意。

*   *   *

我不记得当时穿过哪件衣服？芝加哥的很多朋友都称赞我懂得穿衣服，我在这方面一直有自信。这件小事，对我而言，实在没有什么印象。我当时无心，而你有意，你这一大堆的想法，我当然不知道。而且，我一向穿衣服都是给自己看，不是给别人看，场合毫不重要，最重要的是自己的心情。我后来在香港有 depression 的时期，对漂亮的衣服完全无动于衷，而且还丢了许多——甚至将平时自己欢喜的衣服都丢得一干二净，待到情绪好转的时候，又重新再买一批。所以我的衣服，穿着从来不超过三年，除了一两件特别的衣服是例外。你所说的那套"盛装"早已不知道丢到哪里去了！

（五）

父母亲于 1984 年 7 月到芝加哥来住了三个星期，我的印象已经有点模糊，所幸父亲有写日记的习惯，他于 1995 年 2 月 13 日去世，我赶回台北奔丧，料理后事，然后带回他所有的日记。今天翻阅关于他们访问芝加哥的部分，恍如隔世，有一种说不出来的惆怅。

七月四日　星期三　晴

到芝加哥是当地时间四日下午一点半。欧梵已在机场等候，出海关办手续时，已从楼上玻璃窗中看到他。

欧梵的住所，是二十多层大楼的三楼，面对 Michigan 湖，是南岸，Hyde Park 内，风景绮丽，空气清新，凉爽宜人。

七月五日　星期四　晴

因时差影响，睡得不好，五点半起床，头脑昏昏，但从窗中看到绿草、湖水、阳光、凉爽、干燥、清新的空气，像大陆故乡的老家一样，觉得十分舒适。以往的咳嗽，尤其早晨更咳得厉害的毛病，一下子好了。

欧梵有迟睡（常在午夜一两点钟）迟起（多在九点多钟）的习惯，昨夜，他似照常迟睡，今晨起床时"才九点"，已算早的了。

他的书多，写作的电脑设备不错，唱片及录音带、录影带多，音响设备不错；厨房大，炉子方便，饮食的设备也不错：虽然一个人，似乎生活相当安适。

以现在的标准看来，我那台电脑可说是最原始的老古董。父亲说厨房大，我的印象是厨房小，玉莹的感觉亦是如此。

欧梵喜爱音乐入迷，几乎整天乐声不断，而且有家专播古典音乐的电台，每天播十几小时，欧梵整天收听。不开广播，就开电视，或者播录影带。今天晚间，他就把录下来的老电影片《一曲难忘》播放，三个人一面看一面话家常，直到午夜。

七月六日　星期五　晴

欧梵起得迟，午前的活动总要在十点以后才开始。十一时半，他陪我们去芝加哥大学校园参观。

芝大图书馆藏书丰富，东方图书馆很著名。欧梵1962年到美国留学，在芝大的一年，因为奖学金不够用，就在图书馆工作过。虽然是暑假中,图书馆仍开放,欧梵的办公室也在这里(其实是他的小书房),特允进去参观。

看到他二十年前工作时手抄的书名编号,觉得十分亲切。

我当时在图书馆打工,每周二十小时,除了搬书上架的粗活外,也手抄书名和编号,用一种特制的电笔,镶在厚书皮上,字迹歪歪斜斜,实在不登大雅之堂。

欧梵初来读书时的一个教室,后在他应邀来讲演(被聘为正教授)时又巧在这个教室教书,我们特别进去看看。

这间大教室是社会科学馆122室,1962年我在此听过Morgenthau教授讲的国际政治,二十年后又在同一课室教大班课;再过十五年和玉莹重游故地,经过那间教室,却没有进去,这种"感伤的行旅"(Sentimental Journey)不能做得太过分,况且那天是周日,芝大各教室照例锁门。

　　七月七日　星期六　多云

早饭后,约十一点,欧梵、蓝蓝陪我们进芝城downtown游览,主要的目的是游全球最高大楼Sears Tower,乘电梯直上塔顶,从玻璃窗向外望,大芝加哥都在目中,拍了不少照片。

午后,蓝蓝下厨做菜,足够三个人吃一星期。她非常能干,有贤妻良母的风范,又是有艺术气质的舞蹈家和大学教师,非常令人喜爱,我们内心很希望她能成为我们未来的媳妇。

　　父亲的看法不错,愿望也于三年后实现:我与蓝蓝终于在 1987年年底在爱荷华城结婚,婚姻维持了整整十年。父亲去世时,我在蓝蓝家得到电话,立刻起程飞返台北奔丧。我们全家都喜欢蓝蓝,而她的全家对我亦然,我们的婚姻未能天长地久,只能说是缘分不足。幸亏父亲去世得早,否则他必会很伤心。

　　　　七月九日　星期一　晴
　　　　午后,偕欧梵沿湖边慢跑。湖面辽阔,看不到边际,湖水清澈,常随气候变色,令人心旷神怡。可惜阳光炎热,汗流不止,只跑了三十分钟左右。

　　父亲有多年长跑的习惯,他来芝加哥时已经七十三岁,但仍然每日可以慢跑一个小时,记得我陪他在湖畔慢跑,只跑了三十分钟左右,我已经气喘如牛了,父亲还觉得不过瘾。

　　　　七月十二日　星期四　晴　凉爽
　　　　芝城的天气,清凉干燥,真可爱!
　　　　午后,再和欧梵到湖边慢跑,跑三十分钟,走十五分钟。天气凉爽,比前两次烈阳下跑要舒服多了。
　　　　欧梵的几个年轻朋友来包饺子吃,共度一个愉快的晚上。邓李夫妇,欧梵在他们家包伙食并请李代清理房间、洗衣。李列夫是大陆来美的,胡、冯是一对情人,都是来自台湾……

　　父亲的日记是一本写实小说,大小事件都交代得十分清楚。玉莹说：那天包饺子，她至今记得很清楚，对我父亲的印象极佳，因为他的个性好爽朗，同他儿子一样；对我母亲，她却没有什么印象，因为席上我母亲都没有说什么话。

回想起来，我最令父亲伤心的事，不是我的事业，而是我的婚姻。父母亲来芝加哥的那年暑假，我刚好开始和蓝蓝交往，一切似乎都是水到渠成，大家都很高兴。我们婚后的感情，我从来没有向他们提过，这毕竟是自己的私事，不应该让父母亲操心，其实，父亲对我的终身大事，可能比母亲更操心。多年来我浪迹天涯，在美国留学八年，从来没有回过家门，后来拿到博士后到香港任教，才第一次返台探亲，也顺便带回来我离台后所交的第一位女友，一见面父亲就十分喜欢，虽然她是美国人，父亲也毫不介意。后来他层层暗示，要我早成眷属，可惜事与愿违，就在准备结婚的前几天，发生变故，对我感情上的打击，自不待言，此事我是否向双亲禀告，现在已不记得了。

隔了几年，我又带另一位美国女朋友回台，这一次，父亲执意要我们在台北先订婚，并且大肆筹备，当时我自觉浴在爱河之中，也没有阻止，遂酿成大错，至今思之，感到父亲和我都受骗了。翻阅那一年（1975）父亲的日记，惶恐、歉疚和一股无名的怒气，充塞于心，尤其看到下面的日记（5月11日），更觉得对不起他：

　　××温婉贤淑，聪慧能干，学识渊博，美丽大方，得媳如此，实在难能可贵了；虽然她是美国人，但对中国古典文学造诣很深，中国话又流畅，最难得的是对中国文化的爱好和深入的了解，而且，对欧儿的真挚的爱和对事业的帮助是永恒的……天主赐他们永恒幸福！

我的天！我的父母未免太过开明了，而且和我一样，在感情上没有任何城府，父亲每见一位我中意的女士，都说她贤淑聪明、美丽大方，好像他儿子从来不会碰到任何坏女子。然而，我当年在感情上所干的许多糊涂事，从来也没有听到他的责备。追根到底，这只能怪我自己。王尔德在狱中曾给他的情人写过一封长信，后来成了一本书，名叫 *De Profundis*，我不知有多少次也有类似的冲动，想给父亲在天之灵写一封长信，解释一下我这前半生感情生活的失败。我当然无王尔德之才，可以顺口成章，而文笔又如此真挚（特别在这本小书中）。日前偶看旧作——也是玉莹间接引起的，因为这几个月来她一直在看我所有的旧作——发现自己竟然早在三十年前就曾写过一篇文章——《为婚姻大事上父母亲书》，为自己迟迟未婚作辩护，一面又强烈批判和我同时代的留美学生，和他们把婚姻视为"父母之命、媒妁之言"的买卖。我当然理直气壮，自以为效法的是五四文人——特别是徐志摩——的浪漫精神（也是我的博士论文的题目），所以在文末还大言不惭地作如下宣言：

> 您们当年的五四精神，仍然有值得效法之处，我愿意继承您们的余绪，在茫茫人海中，寻求我一生中的伴侣。找得到，是我的幸福；找不到，是我的命运。

> 儿不孝，虽早已过了三十而立之年，却依然无后，此次又辜负了你们的盛意，错了一次良机，真不胜惶恐歉疚之至……

三十年后重看此信，觉得当年自己太自以为是了，其实当年对父母的"盛意"我哪有什么歉疚？！至今思来，父亲已经作古，母亲住了老人院，只顾自己福祉，对往事不闻不问，我对父亲感到深沉的歉疚和忏悔,然而为时已晚。亡羊补牢,只有草草拟就下面的一封短信,聊慰父亲在天之灵于万一。

父亲大人膝下:

久未向您请安,然而时时常在念中。上月是您九十岁的生日诞辰,我和玉莹特各粗茶淡饭,又点上两支蜡烛,在您的像前默祷:爸爸,望您在天之灵能够得到安宁。我活了半辈子,终于在茫茫人海中找到了我一生中的伴侣,这件事,我早已向您禀告过了,去年趁经台北开会之便,也曾约好您的义子李定国夫妇带我们到您坟前扫墓,介绍您见我的未婚妻——玉莹,她也姓李,可能五百年前早就是李家人了。今年9月12日我已与玉莹在剑桥市政府公证结婚。

我在卅年前所发表的公开信中,曾经天真地认为你们的婚姻美满,所以使我得到一个教训:忍让虽然是中国的传统美德,但是如果没有感情的基础,夫妇"相敬如宾"的理想,也是虚伪的。我一直认为你们相敬如宾是基于感情,却没有想到您在晚年对母亲的"忍让"背后,还隐藏了多少难言之苦。您去世后,我从妹妹辛劳照顾母亲却未得到任何精神安慰的事实上,才测知您当年的苦处。

不谈也罢,您一定会以爽朗的笑声将烦恼一挥而去,但是我对您的歉疚之情,却永难释怀。多年来您对我的婚姻大事,无论在物质上还是在精神上的"投资"都太多了,待我终于寻到幸福想请您来和我们共享时,您却早已离我而去!儿不孝,也不大相信孝道,但每每思念到您,为什么总会热泪盈眶?我现在才了解您死前对护士说的戏言一半是真的:"我现在是靠儿子而知名了!"名利乃身外之事,您真正的意思是:我这下半生的感情寄托只有在儿女身上了!这当然是一句老生常谈,而我在您的日常话语中也从来没有感受到这股深情;只有最近在您的日记中才体会到:其实您在老年已经没有感情生活,你把一切都寄托在儿子身上,对儿子的婚姻如此重视,可能也在弥补您心灵中的某种空虚吧。

婚姻,最终来说,还是一种缘分。以前,我自认找到了一生中的感情伴侣,自以为得到幸福,最终还是无缘。我当年在信中还说:"找不到,是我的命运。"真是年少不知天高地厚,竟然自比于徐志摩!爸爸,您可还记得 1984 年暑假,您和母亲同来芝加哥看我?您在日记中提到玉莹的名字,也提到我在他们家包伙食的事。您只见过她一次,当然不会有太深的印象。似乎这个世界很小,该有的缘分都集中在芝加哥——特别是你们来访的那三个星期!如果您有先知之明,也许会说:儿子的婚姻大事,我终于放心了,有缘千里来相会,无缘碰面不相识。早在十五年前,您已经认识您的儿媳妇了。

儿虽尚未皈依您笃信的天主教,近来总觉得缘分真是神的恩赐——再加上您后半辈子对我的眷顾。走笔至此,心中稍觉安慰,也许您和我都是性情中人,也是"感情至上"的信徒,历经多年离乱之后,您早已把这份浪漫的理想置之度外。如今我也过了大半辈子,终于找到了感情的归宿,在此再次向您禀呈,并望您在天之灵终于得到安宁。

卷
四

香
江
记
旧

（一）

　　流苏，在这历史性的一刻，当香港的那一边疯狂地举国同庆的时候，我终于了解：我们的时代终于结束，一个新的纪元即将开始。

　　玉莹，还记得这段话吗？《范柳原忏情录》中八十八岁的老人范柳原在向他当年的情人白流苏忏悔。他这封信的日期是 1997 年 6 月 30 日——香港回归祖国的前夕。

　　那一天下着小雨，我一个人从旅店走出来，到中环的皇后像广场闲逛，那块小小的地方，竟然排了几十个摊位，密密麻麻的，真像是蜂窝。我在人丛中找一个朋友，早已约定好的，在他家的摊位前会面，但我转来转去，还是找不到，兜了几圈之后，才在人丛中看到他那个小女儿。她和小妹妹在他家摊位前卖小鞋子，是她们自己做的，鞋底有 9 和 7 两个号码。我这位朋友陈清侨是典型的"另类"香港知识分子——"另类"指的不单是与大多数充斥着市侩气息的香港人不同,而且和一般的惚惚忙着上班下班的香港公务员和教授也不同。他在"九七"前夕带了全家四口到皇后像广场,摆了一个小小的摊位,用这种象征的方式来表达他作为一个香港居民——没有办移民,也没有申请美国的绿卡——的想法。在他家的摊位上,除了卖特制的"九七鞋"外,也卖各种 T 恤。

我第一次来到香港,时为 1970 年的夏天,抵达中文大学宿舍稍事安顿以后,老友刘绍铭就约了一位同事驾车带我游览市区,从沙田长驱直下,到了尖沙咀以后,在香港酒店的停车场泊车,然后走进酒店,到"美心"(Maxim's)喝下午茶,然后又在暮色苍茫中驱车回中大,就这么一个下午,我感到无比的舒畅,觉得这就是我的地方,于是和这片土地结下了不解之缘。

20 世纪 70 年代初的香港,也正逢着另一种"火红的年代",内地"文革"正炽,我们也在搞"保钓"运动。我留美八年,脑子里灌满了反帝反殖民的思想,要不是因为读了俄国史后心慕布尔什维克革命中的托洛茨基,可能也会信奉毛泽东的理论。运动中的朋友逐渐认同革命的祖国,我却更加"国际化"起来,甚至觉得香港越洋化我越喜欢它。当时我早就知道:殖民主义已臻强弩之末,非但对于日渐茁壮的民族主义毫无招架之力,而且对于像我这种反殖民爱国的无政府主义者,也无应付的对策。愈年少气盛,也愈反权威,甚至把中大的学术官僚和港英政府视为一丘之貉,反对到底,振振有词,而心中向往的是一种不以民族大义为本位的中华文化。于是,就在这个华洋混杂、亦中亦西的小岛上,我反而找到了自己安身立命之所。

这一段充满了矛盾的心路历程,似乎也在 1997 年回归前夕到达终点;也可以说,在 6 月 30 日那一天,我内心的矛盾达到了饱和,正因为自己当年是反英反殖民的健将,到了现在反而产生了一股莫名的依恋。7 月 1 日下午,我到清侨家去看电视,在大雨倾盆中英国总督演说告别,标准的牛津口音,听来铿然有声,然后是英兵在讲台前的广场举枪操演,还有苏格兰兵吹笛,凄凉悲壮,电视机上传来一首我颇熟悉的英国民谣——《夏日最后的玫瑰》,演唱的是英国的著名歌剧明星 Gweneth Jones,白发苍苍,但唱得那么动人!我听着几乎不能自持,难道我真的在为早已日落西山的大英帝国掬同情之泪,还是由此触景生情,为个人身世而"老大徒伤悲"起来?

也许就在那个历史性的时刻,香港和我终于连在一起;就在那一天,我自觉成了香港人。

那年我还不到六十岁,却觉得自己的感情生命已经终结,婚姻已经到了尽头,几乎无法挽回。随着香港的回归,我的浪漫时代也终于结束,一个新的纪元即将开始。那几天无意间我做了不少傻事:在沙田新城市广场无目的地走来走去;到中环最老的那家永安公司去买衬衫,然后又搭上电车到上环,坐在上层从窗口看皇后大道中的商店招牌,到了上环又折回来,仍然在电车上层看路边突然出现的"香港各界人士庆祝回归"的彩色招牌,耳边响起那首流行歌曲:《皇后大道东》。

旋律重复又重复,歌词已失去原有的意义,只剩下一阵接一阵的节奏。从皇后大道侧转到雪厂街旁的"上海滩",进了门,店员毫不理睬,我自讨无趣之后,回到酒店又心有不甘,竟然斗胆打电话约了一个年轻女学生陪我去浅水湾,想凭吊一番《倾城之恋》之中的浅水湾酒店,却只看到几幢新盖的高级公寓住宅,只有楼下入口处墙上还挂了几张旧照片。我们在海边漫步,然后到新盖的饭店去饮咖啡,看日落,甚至还哼起当年和老友戴天常唱的那首英文歌:"One Day When We Were Young"——"当我年轻时",唱出来的竟是广东话。

不错,那个 70 年代的我确是年轻,而且正是恋爱的季节,我曾请那位异国佳人到真正的浅水湾酒店吃午餐,还记得窗外挂着深红色的天鹅绒落地窗帘,也许不是深红而是黯绿?"参差的对照",张爱玲小说里的颜色。在回忆里显然更黯淡了。我时时都在想念张爱玲,甚至在 6 月 30 日那天在皇后像广场的一个摊位的白布留言簿上还写了一句臆语:"张爱玲的灵魂到此一游!"

为什么在"九七"前夕怀念张爱玲——甚至还情不自禁地写下我的第一本小说,《范柳原忏情录》? 完全是继《倾城之恋》的余绪,写一个老年人对当年离弃了的妻子的恋情:"流苏,我受不了,我这几十年等于白活了。流苏,请原谅我,我当时不应该离开你,流苏,地老天荒不了情——我老了,竟然情更深,但为时已晚,我只能在心中默唱《夏日最后的玫瑰》。"

我老了,虽然情未了,然而我的"流苏"在哪里? 小说毕竟还是虚构,它只不过是此情此景所引发的幻想、聊胜于无的代用品, 1997 变成了我个人生命的转折,我老了,一切都太晚了。玉莹,还记得吗? 那晚你们两人请我到铺记吃晚饭,我喝了不到两瓶啤酒就忍不住说:"我的婚姻看来是完了! "你好像未置可否,只不过在饭后坚持付账,然后我送你们走到皇后像广场前搭乘六八号巴士返回沙田。

回归后那一个礼拜，大雨如注，持续不停，我躲在朋友许子东家看电视，拒绝一切应酬，只到附近商场去租香港电影来看，《方世玉》《女人四十》《虎渡门》，连看三片，都是萧芳芳，我竟把小说中的白流苏形象化为萧芳芳，又想象着她演我小说改编后的电影中中年的流苏终于答应到文华酒店的咖啡店和老年的柳原相会，她仍然艳光照人，而他却早已老态龙钟。她若无其事地和他握手："柳原，好久不见了，你还好吗？"他无言以对，痴痴地望着她，只有一分多钟（当然用特写镜头），然后默默地离去……这个结局太过伤感了，观众可能会大笑，所以我终于在小说结尾安排柳原临阵而逃，没有和流苏见面。

后来我才知道，玉莹，也是在回归后的那个月，你再度陷入抑郁症的低潮。

（二）

你问我，当你告诉我你的婚姻无望的时候，我是否有什么感觉。我当然有喽，但是现在已不记得。当然对你很同情，但是，我看你结婚以后，总是一个人来香港，好像跟没有结婚一样。

而我呢，早已和丈夫分手了，但每次见到你，总是和前夫在一起，因为我们总是你的师弟师妹，从芝加哥到香港，这个关系没有变，而我当时觉得也不会变。

1997 年——我没有选择。我的丈夫与众不同，坚持回香港，我佩服他的理想，所以跟他回来。你问我当时自己会作何选择。我从来没有想过，当然也没有想过返港后不久就会和文正分开。

　　我生在广州，从小随母亲和外婆到香港，做了香港居民。我相信命运，所以可能更容易认命。我不知道什么叫作"主体性"，白流苏也不见得知道。我好喜欢看张爱玲的小说，特别是《倾城之恋》，我也不觉得小说中的范柳原是个登徒子，他们两个人的感情是自然发生的。如果说是历史造成的也可以，但是历史的背景并不重要，其实白流苏本来就想要钓到一个金龟婿，最后她成功了，但这是小说，与现实无关。我中意张爱玲的是她的文笔，她描写的也是个普通的女人，她追求的是一种经济上的安全感，她和范柳原的恋爱，读起来并不太真切。反而是你写的《范柳原忏情录》更令我感动，把老年的范柳原的情感写得那么真！他在晚年真有一种感情的需要，所以才会"忏情"。

　　我在给你的一封信上曾经问过你："范柳原说白流苏是个真正的中国小姐，那是什么意思？你心目中真正的中国小姐又是怎样的呢？我再看这本小说，要仔细玩味范柳原的情感，其中不难找到你的影子？但回心一想，范柳原是范柳原，李欧梵是李欧梵，不一定找到你的影子。"但是我确实感觉到你的小说中所流露出来的感情的空虚——一个上了年纪的人对于感情的需要。我同情你，不是因为你婚姻失败，而是因为你需要爱情却得不到爱情，所以你的心情比我更沉重。"人生难以承受的轻"其实是很重的。

　　我在香港这片曾经受到英国殖民式统治的土地上有过自己的生活，我可以在这里自由生活受教育，从小学到大学，读自己喜欢读的书。反殖民主义一向是你们知识分子的事，我只知道香港为我们提供一个机会，如果勤力的话，就可以得到你想要得到的好的生活。至于你这种海外知识分子，香港更是你可以自由发表意见的地方。香港有一种超然的政治地位，对你们较超然的海外知识分子最适合，它不中不西,亦中亦西,同你一样。

对我而言,香港是一块"本土",我记忆中的香港,没有浅水湾那种传奇性的地方,只有九龙城附近拥挤的大街小巷。九龙城当年还有一个九龙城寨,是一片三不管地区,里面有很多吸毒的人,我小学有一个同学在里面住,我去找她的时候,觉得是在探险,里面黑漆漆的,龙蛇混杂,藏有不少犯罪的人,我偷偷去的,外婆不知道,否则一定不准我进去。九龙城还有两间电影院,我时常同外婆或邻居的姐姐去看电影,每周至少一次,看的大多是粤语片,还有日本来的怪兽片。小学距家不远,走路十分钟就到了,外婆每天送我上学,下午放学时再来接我,一直到我上了中学三年级。上学、回家、吃饭、做功课,是我每天的例行公事,很少出去玩,除了看电影。这就是我童年的世界:前后左右,大概只有那十几条街。中学和小学,上的都是教会学校,管教很严,在家里是外婆管(妈妈常年住在英国),管得更严,所以我从小就很乖,生活再闷,也不敢抱怨。

记得我十七岁那年暑假,有天下午,外婆突然说身体不舒服,她本来要去浴室洗个澡,也临时作罢,我说您不如到床上躺躺,她趴伏在高高的枕头上,一声声地喘气——外婆一向有哮喘病——我到床头去抱着她,过了二十多分钟,看她没有动静,好像昏迷过去了,我有点惊,赶快请邻居到外面去找我哥哥回来——那个时候,就只有我们三人相依为命,继父和母亲都在英国——外婆好像在等哥哥回来,哥哥进门到床前,叫了一声婆婆!外婆喉咙里好像咕咕几声,就断气了。哥哥赶快请医生来,医生看了不敢出证明,我们又把外婆送到医院,验尸后,我们两人才回到空空洞洞的家里,才顿然觉得外婆已离我们而去,这才号啕大哭。

　　我从出生到长大，大部分的时间都是外婆在照顾我，她是一个很传统的女性，早年就守寡，重男轻女，对哥哥特别好，管我管得特别严，我刻意奉承外婆都得不到应有的认同。有时晚饭前受到无理责备，时常含着一把眼泪把一口饭强咽下去；很多个无眠的夜里，把头藏在被窝里哭，并誓言以死取得外婆的悔恨，就这样种下了日后患抑郁症的因由。但外婆还是很爱我的，她每天送我上学，怕街上不安全，我自幼得不到父母的亲情，只有外婆呵护着我和哥哥。记得那年我中学毕业，在一间小学谋到教书的差事，赚到第一个月的薪水，就请外婆到一家西餐馆吃饭，那是我对她唯一的一次报答，不到几个星期，外婆就去世了。

　　外婆死后，我更是形单影只，哥哥说："你现在还这么年轻，不如进大学读书，否则浪费青春。"于是我也随着他进了浸会学院。大学时期是我最快乐的时期，究竟是少年不知愁滋味，很喜欢为了填一首词、作一首诗而强作愁状。我念的是中文系，喜欢读古诗词，更爱读古今小说，对那些颓废浪漫的文学作品尤其喜爱。当时教我小说的老师是徐訏，也是名作家，我崇拜的其他作家还有郁达夫、徐志摩、王尚义和叶珊（多年后我见到你的朋友杨牧，才知道他早年的笔名就是叶珊）。他们所思所写，往往于我心有戚戚焉，我不知不觉中成为所谓的"文艺青年"，时常无病呻吟一番。大学毕业之后，当时的男朋友是念政治学的，他为人理性，我本来习蛮任性的性格被他驯服得服服帖帖。以后凡事讲道理，无形中压抑了我的部分感性，使我的心态常徘徊在感性和理性之间。毕业后那几年，他介绍我看很多较为知性的书籍，例如殷海光、钱穆、余英时、费孝通、李敖、潘光旦等学者的书。那时我才发现，除了颓废浪漫之余还有的是历史、哲学、社会、文化等学

玉莹与哥哥在浸会校园

好趁青春留倩影（玉莹二十岁）

问。这些书把我从对月伤怀、对花悲叹的情绪中拉出来面对经国大义、思想哲理的事物。然而我毕竟还是感性多过理性,对人对事往往从一个感性的角度去观察体验,然而即使感同身受也往往压抑在心里,不敢表达出来。对于自己的感情更如此,看了这么多中外小说,我只会同情别人,却不能从感性中认识自己,在这方面我的个性倒有点像白流苏。且不论你是否认同范柳原,我觉得这个人物毕竟有些许传奇性,你倒是把他还原成一个值得同情的老人。白流苏是个普通的中国女人,但范柳原偏偏爱上她,也许海外浪子想回头的时候,才感觉到一个中国女人的可贵?

你是否也因此爱上了我? 香港的 1997 年成了你对我的感情的历史背景? 你说我是香港女人,其实我不是香港出生的,我是广东人。

(三)

因为早年在中文大学任教的关系,我和新界的沙田结下不解之缘。20 世纪 70 年代初,沙田还是一片农田,我在课余或周末,时常去爬山,或乘小船到附近小岛去游玩,所接触到的都是一片纯朴的乡村风味;香港岛反而成了殖民主义者的驻地,我无意问津。中大是新成立的大学,我把所有的理想都寄托在这间学府上,甚至责之以切,而对于训练殖民政府官吏的港大,我采取对抗的态度。直到今天,我对港岛的地理,还是不甚熟悉。

香港虽然是一个华洋杂处的地方,其实二者的界限还是很分明的,特别对本地人而言,番鬼佬生活在另一个世界里:中环和湾仔的公司大厦、兰桂坊的酒吧、史丹顿街的西菜馆、半山和山顶的豪宅。华人——特别是有钱人——当然有权进入这个世界,但一般居民——包括玉莹在内——还是裹足不前的,玉莹的世界,近年来也在沙田,在港岛只住了不到一年,虽然她工作的地方在铜锣湾。所以,从沙田第一城开出的八十八号巴士成了我们惯用的交通工具,上车必到上层,前面如有空位则必坐第一排,车开后从车窗前面眺望,新界——九龙——港岛一望无垠,我们从一个"本地人"的视点和方向,逐渐进入"番区"(其实铜锣湾熙攘的人群中鲜有番鬼佬)。从心理的角度而言,也是从(记忆中的)农村进入都市,从传统走向现代,从我们两个人生活的小天地走向汪汪人海。然而,我从未感到失落过,这是我对香港的独特感觉:无论它如何商业化、如何鱼龙混杂、如何庸俗烦嘈,仍然到处充满了人情味。

人情味?你有冇搞错?第一城公寓楼中的邻居,铁门紧闭,老死不相往来;九龙尖沙咀的大街小巷充溢着市侩气,更不必提中环和金钟各大酒店和商场,一切都是商品图腾、金钱挂帅,哪里还有什么人情味?看来我情有独钟,还是因为有了玉莹以后,我把她和香港混在一起,因之更美化了她的世界?

然而,没有和玉莹在沙田生活以前,我早已经爱上这个地方。这是世界上唯一一个商场充斥,但我在各商场闲逛竟能乐此而不疲的地方。除了商场拥挤的人群外,当然还有较"原始"的菜市场(香港人叫作街市)和路边的小店与地摊:悬在半空的人行道,人群还可以在各大楼内内外外进进出出;上电梯时按了楼号必然马上按关门键;在地铁站电扶梯上互相争先恐后却仍保持秩序;地铁车进站前竟然可以在月台上排队,然后又挤嚷着把队伍搞乱;在沙丁鱼式的车厢里仍然不忘用手提电话互相通告:"我现在旺角站,再过十五分钟就可以回家吃饭了……”对了,香港的人情味主要是存在于“食”中:食,到处都是不散的筵席,到处都是肉香和鱼香,甚至我每次飞港,一到机场就直觉地闻到食物的味道,马上肚饿,恨不得立刻去大酒店、小吃馆,或茶餐厅去大吃大嚼一番。在波士顿住了不到三个月,我夜里做梦都会梦见吃皮蛋瘦肉粥,而玉莹偏偏不做给我吃,一到香港,她反而会亲自下厨煮粥,还不停地说:“你尝尝,我这碗皮蛋瘦肉粥绝对胜过沙田第一城的那家茶餐厅!”

当然啦,老婆,谁不知道你的厨艺是天下第一?“你又在夸张了,你们这些学文学的人,什么天下第一?世界第一?其实你的世界只有你和我!”玉莹说得还是很得意。

其实还有香港。对我来说,香港的“香”味,完全和“口腔文化”有关,非但菜好吃,而且人更好吃,恐怕远远超过北方人——至少对我这个生在北方穷乡僻壤的人来说。记得1998年年初,我重返中大,故意住在沙田的一家酒店,每天上下班必经火车站附近的“新城市”商场,不到一个月,我也几乎吃遍了商场中大大小小的餐馆——只差那一家“阳光一代”的速食店没有去光顾,因为心情不够年轻,怕受那阳光一代年轻人的奚落。其他的速食店——从三明治、麦当劳、肯德基,到室内大排档的烧鹅、烧鸭或叉烧双拼——都逃不掉我的晚筵。我喜欢吃,所以在香港的这个“食”的公共空间我如鱼得水,悠然自得,甚至1998年的鸡瘟,也没有影响到我的食欲。

(四)

为什么在那一年春,我们都住在沙田——你在河的彼岸,我在河的此岸——竟然没有碰到过一次？你说一个人时常到沙田的电影院去看电影，我也是，为什么又碰不到？还有几次，我在商场吃过晚饭，一个人到河畔散步，穿过小公园，走过桥，到河的彼岸，明知你就住在附近，却没有勇气打电话。还有一次，我在中大的办公室工作，电话铃响了，你在电话中说那天下午会到中大来见一个客户，问我稍后有没有时间饮杯咖啡。当然有时间，我甚至枯候到下午五点多钟，不见你再有电话来，只好怏怏然回到旅馆，然而还是没有勇气打电话问你为什么爽约。那段时间我心情不好，一个人乱吃，把身体也吃坏了，患有糖尿病而不知节制，似乎有点自暴自弃，也有点懒洋洋的，做什么事都提不起劲。每次外出应约吃饭，都是朋友请客，我从来没有主动过——只有请你们夫妇两位，倒都是由我主动，见面几次，我看你面黄肌瘦，勉强打起精神来见我这个师兄，而我仍视你们两人为夫妇，三个人一块去吃饭，寻欢作乐，似乎都有点不尽兴。我隐隐感到你心情上的抑郁，但没有想到会那么严重，记得上一回（三四年前吧）我快要离港时，一个朋友带你来看我，才知道你患过抑郁症，我还鼓励你看开一点，多交几个男朋友，半劝告半讲笑，俨然不当一回事。后来我自己为了婚姻也抑郁了起来，经过 1997 年以后，1998 年那一年我的心情更坏，最后终于决定离婚。是谁说过——托尔斯泰？——幸福的家庭都是一样的，而不幸福的家庭则各有不同。其实，我们的不幸，倒颇有相似之处，都是觉得不能从一而终而失望，都是觉得人生到了尽头还是一场空，都是觉得在茫茫人海中无所适从。香港是你熟悉的世界，你虽不在此地出生，却在此地长大成人；1989 年前夕，你随同不愿随波逐流的夫君毅然回来，不愿在美国寻求安全感而居留，我很佩服你们的勇气和恒心，也因此对香港更添加一份感情上的承担。也许这一切都和你们无关，我本来就喜欢香港——这个充满矛盾的地方——因为它恰好印证了我内心深处的文化矛盾，我非但在九七回归的那一个历史时刻故意滞留不走，而且更决定在回归后的第一年——1998年年初，接受中文大学的邀请，来此做半年的研究工作，难道我真的是为了学术，还是为了香港，还是为了你？也许，在下意识之间，我知道香港不但是我"断肠"之地，也是我重生之地，正因为有时间上的"大限"，我才可以超越时间的限制，得以在回归后的香港，重拾自我，在感情上绝处逢生。

记得1998年我离港的前夕，终于见到你了，而且是第一次单独见面，但正想请你吃饭，却又有朋友来访，你就匆匆告别，我有点惋惜，但没有表达出来，也许是缘分未到吧，不能强求。

回到美国以后，我对香港怀念更深，甚至情不自禁地和另一位香港的女性朋友通起信来。在我迷乱的心情驱使下，所有我中意的女性都是来自香港，也许正因为我早已把香港化为一个女性——她对我若即若离，在我郁郁不乐的时候，她给我诱惑和刺激，但当我精力恢复、苦苦追求的时候，她又莞尔一笑地拒绝：拜拜，下次再见，下次再来吧，也许我还会等着你。

于是，下次复下次，我又来了，又过了一年，已经到了世纪末。我早已决定廿世纪的最后一天一定要在香港度过，因为这毕竟是一个世界上少有的"世纪末城市"（另一个城市是维也纳），却没有想到会和你一同度过。事情发展得那么快，缘分到了，时间反而在催着我们。

真像一篇小说。

那年6月，我又回来了，拖着疲倦的身体，到香港来开一年一度的会议。住进旅馆,不自觉地又打电话给你丈夫,留了话,约好周末三人见面,却没有想到回电话的是你:"文正周末不得闲,我到酒店来看你吧!"就这么短短的一句话,我知道机缘终于到了。

打开门看到你,真是艳光照人!礼貌式的拥抱、握手、寒暄,每个小动作,我都赋予特殊的象征意义!而你却显得那么自然,毫无知觉。我一句接一句地追询你的过去,显然令你痛苦。香港似乎不是一个有回忆的地方,节奏快,人人都在赶时间,和时间竞走,哪里还有像我这种闲情,拉你进入普鲁斯特式的追忆往事的情怀?!似水年华,俱往矣!你的前半生,那最光辉灿烂的岁月,却在默默的忧郁中度过,你似乎早已觉得到了生命的尽头,甚至不愿再面对人生。我听你侃侃而谈,将过去的自我视作第三人,但又说得那么生动,单刀直入,毫无掩饰,如果我能够把你的话笔录下来,也不会采用普鲁斯特的迂回手法——那种漫长的句子,绵绵无绝期,一层加一层的细节回忆,甚至一块饼干的味道也不放过。你的句子很简单,然而里面细节更多,也是层层相扣,里面没有什么甜味,只有冷酷的场景和动作:煤气如何震破了窗户;旅馆的床铺如何清静,你醒来竟然还在人世;还有多少个无眠的夜晚,一个人坐在床上看遍所有的通俗小说仍然无法入睡;上水那幢新屋的顶层如何空洞无人,甚至有点鬼气;如何从沙田搬到上水、北角、港岛,又回到沙田,漂泊流离,每年换一次居所;几个好心人照顾你,你却无动于衷,对将来也毫无所求;最后决定与其这么一天又一天的过去,不如自了残生……

我听着听着,握着你的手心湿了,像是作象征式的流泪。但你一点也不显得悲伤,而且叙述的口吻也越来越有"喜气"——过去的愚蠢行为,事后看来,不是很好笑吗?怎么当时想不开?而且主观意识完全不能控制，只有服药、运动、不停地外出，甚至每天无目的地坐在电车上层，从上环到跑马地，去了再折回，来来往往无数次；回家逼着自己整理仪容，每周去和那位中大的好心医生"倾偈"，谈完后也不见心情好转，只有靠自己的毅力，任何亲人和朋友都帮不上忙。然而，好不容易好了一点，一不小心又复发了，最厉害的一次恰是 1997 年的 7月——是受时局的影响吗？不一定，身体是一个奇怪的东西，它不听指挥的时候，比一匹野马更难驯服，你只能顺着它的性子，慢慢调养，再力图振作，什么理论学说都没有用。弗洛伊德？我读过，但那时候，我压根儿也没有想到他，哪里还有什么上意识下意识？连活着是什么都不知道，还要做自我心理分析？医生说的那一套我都知道，没有什么稀奇。即使你那个时候见到我，安慰我也没有用。你真运气，我刚刚在今年年初把自己治好了，就见到了你。好吧，到哪里吃饭？不如我请你先喝杯酒，庆祝一下？

于是，第一天吃饭，第二天喝酒，第三天吃饭后又去听歌，第四天我就打道回府返波士顿了。"昨夜我又失眠了，脑子里总是想着要来送你，不如明天清早我到机场来送你好吗？我从来没有送过人。"

就这么样，我们的姻缘已定。以后的几个月，只不过把双方的感觉和感情借电传和电话说得更清楚，更具体一点而已。

（五）

不知为什么，香港的日常生活竟然引起我的创作欲，使我的小说灵感大发。1997 年心情激动，直接导致《范柳原忏情录》的构思，我试笔初写，是应《明报》副刊编辑马家辉先生的邀约，他自己也在上面发表小说,不过,他也警告我:香港的读者耐性不足,小说在报上连载,最长不能超过一个礼拜,否则读者就不耐烦了。我听后反而释然,像我这个生手,最多写一万字,就江郎才尽了,干脆把自己对香港的感情一股脑儿灌进一封假想的"情书",不就行了?于是就开始写:

  ××:那天晚上参加你的婚礼,看到那么多人,个个衣冠楚楚、珠光宝气,我突然自惭形秽起来,不敢进去,逃回家里照照镜子,看到一张憔悴苍老的面孔,还有一点浮肿,就凭这副模样,哪有脸见你?哪会勾起当年的余情?

写了一千多字,却写不下去了,这算什么小说?不得已只好向张爱玲求救,从她的小说《倾城之恋》中搬出男主角范柳原,故意把他变得比我更老,要他和我一样,在九七回归的那一天,在电视上看英兵操练。写着写着,竟然一发而不可收,情书越写越多,小说也越写越长,从香港写到台湾,台北的《联合报》副刊编辑对我说:"张爱玲在台湾更有名,干脆拉成长篇吧,在我们报上连载!"于是,我硬着头皮再写下去,又从台北写到美国,在飞机上写,在洛杉矶的朋友张错家中写,回到剑桥以后,趁着放暑假,干脆不理一切公务,每天写我的《范柳原忏情录》。

  其实,每一封情书都是献给香港的,正像张爱玲把她的处女作《第一炉香》献给上海一样,所不同的是:当年的香港是她的异乡,而现在的香港却逐渐变成了我的家乡,我为香港写,也是为了解决我的乡愁——或者说,一种早已失落的乡愁,因为目前的香港也在失落。在双重失落的焦虑中,我必须在感情上有所寄托,所以觉得范柳原当年

2002 年 6 月在港大宿舍

在香港置地广场某西餐厅

爱上的白流苏派不上用场了,她如果当年和范离婚,上海解放后一定容不下她这样的"奇女子",所以她一定会来香港,来了以后呢? 一定发财致富,周游于上流社会,于是珠光宝气地走上《南华早报》的社交版……我受不了,范柳原见了她,非但会自惭形秽,恐怕更会大失所望。所以,我一定要超越现实,再创造出一个年轻的香港女子,她朴实、能干、独立,当然也甚美丽,而且和当年的白流苏极像,她可以说是白流苏的"影子"(double),但更真实,是一个活生生的现代女人,我发现自己竟然也移情别恋,爱上了这位自己虚构出来的蔼丽女士。

怎么会想到:小说写完了出版以后,我竟然会在现实生活中也找到了我的蔼丽! 玉莹没有蔼丽年轻,但是比她更成熟,和她在一起生活以后,心中的那股双重失落感顿时消失了,我知道,我终于名正言顺地变成了一个香港人。

今天——2000 年 12 月 21 日,廿世纪的最后一年或是廿一世纪的第一年——又到了尽头,然而我心中已无焦虑。坐在沙湾径的港大宿舍高楼向外眺望,远处海面货船如织,近处体育场上,有数百学童在开运动会,高兴的尖叫声传到我耳边,才看到几个年轻的女学生在田径场上赛跑,白色的运动衣、褐红色的跑道、绿色的球场,在阳光下汇成一幅青春的画面。我怡然自得,又禁不住幻想起来:如果当年我和玉莹在诗谷成婚,说不定我们的孩子刚好是这个年纪,也会来参加这场运动会吧。

卷
五

三
地
记
游

小引

如果,在当年张爱玲的笔下,香港是上海的"他者",现在的香港可能至少有三个"他者":上海、台北和新加坡。这三个城市,和香港各有一段姻缘——也许婚姻的譬喻不尽恰当,干脆称之为恋情吧,所以更爱恨交织。香港的这三个"男人"(或者说两个半男人,我怎么也无法把新加坡看作男人),各有千秋;如果把香港作为中心——为什么边缘不可以成为中心?——这三个地方都是在她的文化辐射线之内。我的这种说法,除了香港人之外,恐怕这三个地方无人会同意,也无所谓,因为我写的不是客观的评论文章,而是私人的感情呓语。

（一）新加坡

我和玉莹，在芝加哥初识，在香港重逢，在越洋的电传和电话中私订终身后，才在新加坡"会亲"。

会亲？在这个 20 世纪的尽头，还真有那回事吗？

我的新娘不是坐着轿子来的，而是坐飞机。新加坡的机场似乎最适合浪漫的幽会，小巧玲珑，舒适而又有效率，从机场开车出来，那条大道更是美得出奇，中间是亚热带的草木，还配着鲜花，使我想起张爱玲在《第一炉香》中对香港的描写："满山醉醺醺的树木，发出一蓬一蓬的潮湿的青叶子味；芭蕉、栀子花、玉兰花、香蕉树、樟脑树、葛蒲、凤尾草、象牙红、棕榈、芦苇、淡巴菇，生长繁殖得太快了，都有些杀气腾腾，吹进来的风也有些微微的腥气。"

新加坡对我而言是异国，虽然政治上有些保守，但仍处处充满了情调。和玉莹在此相会，是偶合，可能很多人认为我们是在这里幽会，也罢，反正那天有见证人——一对诗人夫妇王润华和淡莹——而且立刻把我们的秘密电传出去了。在我的朋友圈中，我早已无公私之分，反正我本来就是一个透明的人，表里如一，所以也无所隐藏。

我本来精心设计的和玉莹会面的场所是当地的一家戏院，刚好有一个大陆来的粤剧团在此地公演，于是我煞有介事拉了一位朋友——他恰巧又是专门研究民间戏曲的学者——去买票，然而在戏牌上找不到《帝女花》，才怅然作罢。事后还是觉得不过瘾，请他带我到当地的某会所去听几位业余人士排练，却发现男（女）女主角都是上了年纪的徐娘，姿色全无，怎能和我的莹娘相比？勉强听了一个钟头，却从歌词中体验到她后来对我谆谆善诱的美处,好像唱的是王昭君和她夫婿在边界生死离别时的哀怨之词,她要去和番,却依依难舍;他有万种亲情,但又无能为力。真的还是做现代人好,如果有飞机,两个人何不飞到新加坡来,婚后再私奔度蜜月,多好?这当然是我心理的反照。在玉莹未到之前,我怕她不习惯新加坡,所以故意想安排一场她最熟习的文化场面。

没有想到她早已不顾一切了。这是她在飞新加坡的飞机上写给一位女性好友的信:

我的好友:

刚才在汽车上给你致电。现在飞机上给你写信,你今早告诉我,你昨夜没睡得好,也做了奇怪的梦。我们都是绝对感性的女人,很易受情感困扰,好处是我们敏感,容易享受到感情带来的喜悦,坏处是我们多愁,每易为一些事情而不开心,往往想得太多而致失眠。你现在的感觉我十分了解,我也正在尝着恋爱中的甘苦。但你想得太多了,顾虑也太多了。你忘记去接触自己的感觉,何不放开心怀去爱他?我最近的经历告诉我:倒空自己去爱一个人是很好的感觉。倒空了自己才可以有空间接受别人的爱,爱心是越付出越多的,圣经上说:"人种的是什么,收的也是什么。"如果你付出的是完全的爱,收的当然也是完全的。凭着感觉去行动总没有错,以我近日观察所得,你是爱他的。何不尽情表达出来?我们都不要做等爱的女人,我们都有足够的深情去爱,是吗?飞机快要到达新加坡了,我的心情很兴奋,我等不及要见他,告诉他我是何等的想他念他。

　　现在飞机摇摆不定，我很害怕，我从来就不喜欢坐飞机，我怕下一分钟会灰飞烟灭，来不及见我的爱人。不再写了，回来再谈，让我们都好好享受爱情的甜蜜，今夜做个好梦。

这是一封"豁出去"了的宣言。

　　我以前确曾顾虑太多了，不敢接触自己的感觉，倒是这个花园城市成全了我，我好像到了"化外"之境，自己在学院世界所保持的"尊严"可以抛到九霄云外，反正对朋友讲明了："我有一个新交的女朋友，这次来是相亲的，新加坡大学的招待所是否舒适？是否方便？不然我宁愿自己掏钱住旅馆。"朋友还是安排我住招待所，却没有想到如此舒适，光是客厅墙上的那两台马力十足的回旋冷气机就够我消受的了。不料乐极生悲，玉莹刚到，我也刚刚染上严重的感冒，她倒空了自己，所接受的却是一个病人的残缺的爱。我怕感染到她，她却毫不理会，立刻亲自下厨，为我煲汤煲药。凭着感觉的行动总没有错：她感觉到的是一个多年来不知自我调理，甚至饮食不知节制而自暴自弃的后中年男人，也许她在香港遇到的这类男人也不少，也许我是她多年来第一个愿意悉心照顾的男子。就从我们在新加坡见面的第二天，我开始咳嗽，她也开始做护士，几天后我要发表公开演讲，抱病上场，视觉都有点模糊，新加坡文化和学术界的名流都到了，我一一为他们介绍："这位是玉莹——"正想多加一句，就看到他们尴尬的面色，好像心里在说："又换了一个情人？还是不改文士风流的本色！"然而我的莹娘没有大闹会场，只是默默无语，站在我旁边，等我登台时，她坐在前排，为我捏一把汗（事实上我在台上也早已汗流浃背）。

在新加坡

在马来西亚榴莲园

　　我的伤风竟然变本加厉,过了几天,随新大中文系两位教授到马来西亚作旅游讲学时,更撑不住了。她又扶着我,到处亮相,还被吉隆坡的一家华文报纸拍上镜头,登在文艺版,她一向内向的性格,在新马华人圈中显得有点格格不入,但也逐渐受到热情招待的感染,到了槟城郊游时,她已经和友人谈笑风生,大吃榴莲了,我反而没有胃口,裹足不前,每夜在她细心照顾之下准备第二天的演讲和访谈。在槟城的最后一晚,我的身体逐渐恢复了,鼓起勇气去参加最后一次的座谈会,安排在晚上七点,谈完去到街边露天食堂吃炒粉和炸薯条,才第一次品尝到本地食物的真正口味。回到酒店已近午夜,玉莹一个人守在房里,晚饭也没有出去吃,我顿时感到罪恶深重,忙打电话为她叫饭吃,旅馆的厨房早关门了,只端来一盘难以下咽的三明治。我的心情至此烦躁至极,只觉这一切太不公平了,而我所做的补偿竟然是对她一口埋怨:"你照顾我太周到了,没有给我足够的空间!"

　　第二天她必须启程经新加坡飞返香港,我这才感到懊悔莫及。她离开酒店,我也没有送别,因为另外一场访谈即将开始。在飞机上她写给我的信中这样说:

　　　　今早的离别是如此的匆匆,因为一大堆人拥着在身旁,我们不曾依依惜别,反而是聚散匆匆,在车厢里,我没有接触到你的目光,你大概又是恐惧那种儿女情长的感觉吧!

　　不,我恐惧的不是儿女情长的感觉,而是自己的矛盾心理:我渴望着爱人和被爱,却又怕在"倒空自己"以后反而失去了自我,也许,现在反省起来,这也是一种残余的大男人主义的心理在作祟吧。

你第二次来新加坡看我,我的身体和心情都已恢复正常,可以和你一齐享受人生了,于是我们到处拍照,花前树下留影无数。几年来我早已无心拍照,连照相机也丢了,每次出外讲学或旅游——包括到香港——都是别人为我拍的,事后寄一两张给我,聊表纪念之意,但我无心留念,每次都把照片胡乱放在书堆或信件中,所以至今荡然无存。在这几年里,除了回忆以外,别无痕迹可寻。

你拿着新买的照相机,兴冲冲地要为我拍照,我也要为你拍,生怕事后把这段美好的时光遗忘了(其实怎么会忘记?迟来的幸福,一分一秒都会珍惜的,因为要补偿早已失去也无法追回的岁月)。很快地照完了一卷,却不知道怎样换胶卷,我突然觉得我们像一对新婚的年轻夫妇,在度蜜月,生下爱情的结晶小 baby 以后,却不知道怎样换尿布!这一个臆想未免太荒唐,如果我们早在芝加哥结婚,说不定现在孩子都大了,说不定还要带我们去游山玩水,看父母亲在大庭广众面前"出洋相"。

我们那次也真出够了洋相,不要友人陪同,自己到新加坡城里乱闯,像一对初进城的乡下游客。先到文华酒店去吃著名的海南鸡饭,却不巧遇上东南亚高层经济会议 (ASAEN) 在此开年会,一大堆秘密警察把我们团团围住,连拍张照片都会遭到冷眼。于是我干脆一不做二不休,和你演起詹姆士·邦德的间谍电影,我是中方情报人员,你是日本间谍,后面坐着的是美国 CIA 特派员,说着演着,后来都把它收入我的第二本小说《东方猎手》里,故事在新加坡展开,三方面大打出手,小说中的英雄还单枪匹马登上八十多层的史丹福大酒店楼顶去喝下午茶,登堂直入,不像我们要等半个多小时,才有位子。我要带你从史丹福酒店去最有名的来福士 (Raffles) 酒店喝酒,只不过几步路,我竟然叫了辆计程车,司机见怪不怪,几分钟就开到了,却找不到那间可以任意丢花生壳在地上的酒吧,弄得你香汗淋漓,开怀大笑,我从此爱上了你的笑声——哈哈哈哈哈,然后还要再抽三口气。

你越笑,我当然越逞强了,除了大演邦德之外,还要卖弄我的知识:当年的名小说家毛姆就是长住在这里,还有康拉德、格兰格林,都是大英殖民主义文化的产物,然而新加坡如果没有英国殖民主义文化——而且还保存了不少殖民建筑——还会有多少情调?除了这残余的洋味,要嗜土味的话只有吃,真是五花八门,应有尽有。那晚华灯初上,我带你到运河边的露天食肆场,一家接一家,美味杂陈,我却偏偏带你走进一家二流的粤菜餐馆,吃的是什么现在早已忘记了,却记得你那晚穿了一件蓝色花纹的旗袍,楚楚多姿,虽没有白流苏身上的那件月白蝉翼纱旗袍精致,但更朴素动人。

这一次,在新加坡,我终于感觉到这就是我们今后生活的乐趣:于自然和朴素中见真情,不受任何虚伪的繁文缛节所牵绊。我叫了一杯虎牌啤酒,热带的夜风还是温暖的,我痴望着你,你没有像白流苏那样故作娇羞地低头,你抬着头也回望着我,脸上带着如花似玉的笑容。

(二)台北

和我的老公一齐旅行,必须迁就他的个性和习惯。白羊座的人火气大,性子急,旅行的时候更是如此。每次我们坐飞机,他都很紧张,排队过关的时候就开始急了,到了候机室,他总是想第一个上飞机;我恰好相反,本来就不喜欢坐飞机,登机的时候,我往往是最后一个。上次我离开新加坡的时候,他送我到机场,再三嘱咐我不要误了班机,距离起飞的时间至少还有一个钟头，就匆匆逼我入关，我进去了回头望着他，看他不断招手，有点依依难舍的样子，好像又觉得我进去得太早，不如在咖啡店多坐一会儿，但是他又最怕在大庭广众面前依依惜别。我们首次在香港机场道别的时候，我禁不住拥着他，差一点流下泪来，才见面三次，就动了真情，而他呢？竟然是一副尴尬的表情，我吻他的面颊，他也不敢回吻我，就匆匆进关了，想不到他在飞机上又会写给我一封热情洋溢的信。

我们在新加坡订情后，回到香港，住了不到两个礼拜，他就要去台北开会，一个人到了台北就又伤风了，在酒店里打不开我借给他用的旅行箱子，急了起来，我们立刻恢复两地越洋通话的习惯，又花了不少电话费。他在台北开了三天会就匆匆飞回来了，我到机场去接他，刚好有个朋友打电话来，我一边拿着手机说话，一边向他招手欢迎，看他那副不知所措的样子，使我差一点笑出声来。从此以后，我私下许了一个愿，以后到任何地方，只要他需要我，我一定陪他，后来我们真的形影不离。到香港以外的地方去旅行，以到台北的次数为最多。

台北是我比较熟悉的地方，以前去过多次，也有几个好朋友。但是，我知道台北是属于他的，他在这里上过大学，当年外文系的同班同学——白先勇、王文兴、陈若曦、欧阳子——都是我年轻时代的文学偶像，他们的小说我都读遍了，就是没有读过李欧梵的作品。我老公的这些同学中我最崇拜的是白先勇，我陪老公第一次到台北不久，就收到白先勇的电话，那个时候已近午夜，他要到酒店来看我们，其实是要来看我："I am curious!" 他说。见了我，他很热情，爽朗的笑声不断，我们走到旅馆附近的一家小咖啡店闲谈，我老公又一五一十地把我们的恋爱史向他复述，也不知道向朋友们讲了多少次了，他竟然乐此不

在台湾"中央大学"宴会，与白先勇和焦桐等

与王德威在台北

疲。我们那晚谈得很愉快。在回程的路上,我终于忍不住问他一句:"白先生,从小说家的眼光来看,你觉得我是一个什么样的人?"白先勇起先说的是外交辞令,最后终于也忍不住说:"我看你就是最适合做李欧梵妻子的那一型女子!"我听了真是心花怒放。后来听说他还处处提到我们,一位朋友到他家去拜访了几天,回来说:"前一两天白先勇谈的全是你们俩!真是高兴。"欧梵有他这位老同学老朋友,也真是三生有幸,我当然更是喜上加喜,那晚我还做了一件得意的事,拿了一本刚买的白先勇小说集要他签名,他签后还说了一句:"又多了一份版税。"忘不了幽默。

老公的幽默感,是我喜欢他的重要原因。想不到他的老朋友——戴天、刘绍铭、张错等——个个都幽默,就是郑树森很严谨,但是对我也最关注,我们在电话上一谈至少一个钟头!妙的是:老公的这些老朋友,大多是外地到台湾念大学的侨生,他们对于台湾的感情比我和老公还深。当然,到了台北,老公就是急着见朋友,见了就大谈我们俩人的恋爱史,也不害羞;或者和志同道合的"发烧友"——如廖炳惠——去买古典音乐唱片,一进门就走不出来,如入忘我之境,后来我学乖了,他一进唱片行,我就跑到附近的时装店去浏览,过了一个钟头回来,看他满载而归的得意的样子,又要和我如数家珍地说:"这张名碟好便宜,是老指挥家×××的杰作,找了好久,最后还是在台北买到了,所以台北最有文化!"我看他买唱片和我买衣服一样,不一定要昂贵的名牌,但必须是好货,而且价钱便宜,买来以后不一定马上要听——或穿——但那种收藏家的占有欲恐怕比我穿衣的"虚荣心"更强。

音乐之外就是书,我爱老公就是因为他是个典型的"书虫"。每

与郑树森在香港科技大学

与夏志清教授

次到台北,跟每次到大陆一样,回来的行李比去的时候必然重得多多,都是书!老公的背不好,所以这些书的重量都需要我来承担,但也有好处:老公去开会,我在旅馆里先睹为快,看他买来的或是别人送他的书或杂志;有时候清晨醒来,他还在梦周公,于是我又看他的书,看来看去,还是喜欢看小说,看完了有时会大胆向老公发表意见:譬如说我就是不喜欢高行健的《一个人的圣经》,管他是否得到诺贝尔文学奖。最近一次到台北,薇薇(欧梵前妻的姐姐)为我们开了一个午餐庆祝会,见到了不少台湾文学界的名人,都对欧梵那么好,也许是爱屋及乌吧,也喜欢我这个热爱文学的"小女子"。欧梵说我是他的"莹娘",把我和《浮生六记》中的芸娘相比,我说他太夸张了,不能如此狂傲,把文学和人生混为一谈,不料他却振振有词地用广东话说:"芸娘勿识煮广东汤,勿识做咖喱饺,也勿识讲英文、唱粤曲!"然后还做个鬼脸,加上一句:"得意喽!"

老公的广东话,令我啼笑皆非,他往往把"国语"用广东腔说出来,就认为是广东话,有时候是自作聪明编出来的名词,譬如"几好!几好!"对他来说,是很好的意思,而不是广东话的原义:还可以,马马虎虎。说多了,我也将错就错,说起"几好"来。到了台北,朋友请客吃饭,他边说边叫:"几好!几好!"弄得台湾朋友莫名其妙,而我的朋友(大都会说广东话)听了,却哈哈大笑,他也不以为忤,照说几好!不过有一次,我的一个知心朋友终于提早排队得到位子,请我们到鼎泰丰吃北方点心,老公吃完一碗小米粥又叫了一碗,吃完大叫:"几好!"还是广东口音,我叫他少吃点,患糖尿病的人应该少吃多餐,他哪里肯听,吃完了还说:"到了台北应该多餐,下次再来吃一次!"

老公和我来台北,永远是开心的,每次来必然住在同一家小旅馆,就是为了到旅馆对面的豆浆店去吃烧饼油条。记得第一次到台北,刚进旅馆,才下午五点,老公就匆匆拉着我到对面的"永和豆浆大王"去吃烧饼油条,凑巧那个时候没有油条卖,败兴而归,归来后闷闷不乐,整晚不舒服,我知道他的脾气,对于得不到的东西更迫不及待。第二天早上他也不贪睡了,一起身就拉我再去,这次马到成功,叫了一套烧饼油条,再加一碗咸豆浆,他边吃边说:"还是台北有文化,你看,香港的油条就不如台北的油条脆,大陆的仿制品(也叫'永和豆浆大王')更不必谈。"后来我才逐渐体会到:他对台北真是一往情深,吃烧饼油条只不过是一种象征式的表现而已。大学四年的岁月,留下了永难磨灭的感情,他有一个初恋情人,也是外文系的同学,不久前他听到她去世的消息,感伤不已,本来想写一篇追悼的文章,但毕竟写不出来。我爱他,更爱他这份真情,对他过去所有的女友,他都是真情相待,都是想(用他的说法)"从一而终",但每次都是缘分不够而分手。我珍惜我们的缘分,我更珍惜他的真情。其实他对台北何尝不也是如此?如果说香港代表他的"新欢",台北就是他的"旧爱",他和"新欢"的恋情,打从他 1970 年第一次到香港,也有卅年了;对于"旧爱"呢?恐怕更是卅年以前的往事,花样年华,令他依恋不已。

然而,现在的台北对他已很陌生,他记忆中的城市还是卅年前的台北,有一次廖炳惠全家带我们去逛西门町(也是在附近那家唱片行满载而归后的余兴节目),走在人行道上,老公突然显得兴奋起来,向我指指点点,这家就是当年的万国大戏院老板的家谱和家事,他全知道。有一天,老板身体稍感不适,没有去运动,但照例到豆浆店去吃早餐,但半路上就昏倒了,一个好心的路人把他扶起送回家,邻居又把他送进医院,那天下午他就死在医院里。

2002 年摄于台东

我第一次随欧梵回台北,他就带我到金宝山他父亲的墓地去扫墓。那天上午,欧梵的义弟——他父亲的养子——李定国夫妇亲自驾车,带我们经过阳明山,走了将近两个小时才到达。他父亲的坟前立了一块石碑,上面写了他父母亲的名字,墓地石板上有一个十字架。他的双亲都是虔诚的天主教徒,他自己却不信教,是一个典型的孤独式的怀疑主义者,然而对于我们的缘分,他却认为是上天的意旨,三番五次地说要跟我到教堂去感谢上帝的安排,但一直没有实行这个愿望。这一次扫墓仪式,我看他的态度还是很虔诚的,定国夫妇带来了一束香和几包冥纸,我们四个人先站在碑前默祷,然后行三鞠躬礼,手里拿着点好的香,伫立不动,欧梵的眼神专注墓前,好像和他父亲在默默地交谈,后来他对我说是介绍我这个新媳妇。其实那个时候我们还没有正式结婚,去年 9 月我们行了婚礼以后,到了 10 月 16 日他父亲的生日的晚上,我们在剑桥居所又祭了一次,欧梵在父亲遗像面前念念有词地说:"爸爸,我们终于结婚了,上次在您的墓前已经向您介绍过玉莹,其实您早在芝加哥就见过她了。"我记得在芝加哥那晚,大家一齐包饺子,欧梵的父亲十分风趣,他母亲倒是沉默寡言,那一次我也没有说多少话,当时更没有想到,十几年后我会变成李家的媳妇。"其实五百年前我们本来就是一家,"欧梵事后打趣地说,"我姓李,你也姓李,和我结婚,可以坐不改名行不改姓,照样做你的神奇女侠!"朋友说我的个性很像金庸武侠小说中的小龙女,我的老公虽然比我年长十多岁,倒也有点像小龙女的徒弟杨过。

说也奇怪,自从那次扫墓以后,我真的觉得自己变成了李家的人,而我的前夫——他本是我的远房表哥——也成了我真正的表哥,以兄妹之亲情待我,变来变去,还算是一家人。我没有机会在欧梵的父亲

在垦丁公园骑脚踏车

在世时向他请安,那天我站在金宝山他的坟前,心中多了一份欣慰,因为我当时有股直觉:我知道他很喜欢我,我也相信他会像欧梵的所有朋友一样,为欧梵的终身大事终于放下一颗心。

(三)上海

1998 年我在香港小住半年,在中大做研究,又在科大兼课,教一班研究生,讲的题目是"都市文化的呈现",其实只用两个都市作例子:香港和上海,原因之一是当时我正在整理出版刚写完的一本英语学术著作:《上海摩登》,副标题是"一个新的都市文化的繁华:1930—1945"。书中最后一章的题目就是"双城记的故事:上海和香港",所以驾轻就熟,在课堂上大谈这两个城市的微妙关系。也许是当时的心情使然,越讲越失去学术分析应有的理性态度,甚至时而借题发挥,自我感伤起来。

对我而言,这两个城市恰成我近年来内心生活的反照:一个是我的学术研究的题目,一个是我个人生活的避难港;一个是从大批资料中发现的历史景象,一个却是从现实生活经验中提炼出来的感官世界;在我心目中两个城市都是女性的,我对她们做各种"形而上"和"形而下"的追求,结果反而是感觉错乱,不得其所,因此在课堂上也露出马脚来了。

那年在科大选我这门课的有位出类拔萃的研究生,名叫毛尖(是本名,不是笔名),来自上海,对我的各种著作似乎特别留意,一边选我的课,一边译我的这本英文著作,课上完了,译得也差不多,所以很快就在香港出版。我对她的努力不胜感激。

毛尖冷眼旁观之余,发现不少我性格上的"弱点",在她的一篇散文中,把这段经验写得入木三分,现经她同意援引两三段如下:

欧梵先生热爱声色,喜欢美食,不道貌岸然,不装腔作势。我在香港跟他读过半年书,选他课的女生人数众多,叽叽喳喳把教室围成半圆形,一撮男生被挤在最后一圈,常用又清高又哀怨的眼神注视前面的小女子。李欧处处进教室,先用广东话讲几句开场白,论小说谈电影时粤语"国语"夹杂,不得已提到理论时,用英文;讲完理论,顺便讽刺一下理论的冷血。然后,皆大欢喜地看幻灯片或看录像。黑暗中,他的旁白与其说是解说,不如说是台词。一个缠绵的女生因此说,听李欧梵讲和平饭店的艺饰风,像是听他描述一位昔日佳人。

不知为什么,同学中间普遍地认为欧梵先生是个有很多故事的人。他在课堂上让我们看据张爱玲小说改编的电影《半生缘》时,看到世钧的最后一个残留一线生机的电话在楼梯口无望地响了又响归于寂灭时,竟忘了教学讲解,只发了一声叹息。所以,大家倾向于把李欧梵想象得很罗曼蒂克,是一剂毒药,毒别人,也谋害自己。便有特别好奇的女同学说要约李欧梵喝咖啡喝酒,叫了我一起去,意思是要听李欧梵酒后吐真言。

时值香港电影院回顾法国殿堂级大师侯麦(Rohmer)的电影,咖啡的话题便从侯麦的《六个道德故事》开始。侯麦的主人公大多是知识分子,包括大学教授,遭遇的常是情爱困境,比如,如何和一个迷人的女人相处,如何抗拒她的魅力。李欧梵居然老老实实地说,他是从来没这样的艳遇,要是真能碰上,他说他大概

在上海"新天地"

在上海复兴公园

无法免疫于美人,接着又是一声叹息。大家便微微地有点失落,觉得"李欧梵怎么可以没有故事"！在我们飞扬的心思里,我们似乎觉得像他这样的人是不必也不会遵守人间道德和秩序的；也即是说,他应该过着某种颓废的、甚至是荒唐的日子。但是,在咖啡的雾气里,我们发现李欧梵其实愿意在尘世过日子,愿意像张爱玲那样,"现世安稳,岁月静好"。这让我们莫名地觉得惆怅,一方面,我们发现其实这个"浪漫旗手"已厌倦了背负从徐志摩那里接过来的旗帜,另一方面,他对日常生活的深深向往和眷恋又让我们感动不已。

然后,隔了一个学期,同学中间就开始传"李欧梵碰上李玉莹"的故事。在不同的版本里,李玉莹有时是新加坡人,有时是台北人,终于也有说是香港人的。后来,在上海和他们见了面,也终于知道,李欧梵花了60年时间修来的女子是如何地值得。至于他们的故事,那真是既是传奇,也是反传奇⋯⋯也许,张爱玲的故事《爱》的结尾倒是可以作为他们俩的"爱"的开端："于千万人之中遇见你所要遇见的人,于千万年之中,时间无涯的荒野里,没有早一步,也没有晚一步,刚好赶上了⋯⋯"

这是真的。

毛尖的这篇妙文本身就是一种传奇笔法,把我写成传奇人物："李欧梵怎么可以没有故事！"我现在的回答是：故事尽在于此。

上海,特别是30年代的老上海,对我而言也是一个传奇故事,也许我在书中把她描绘得太好了,古今对比之下,当今的上海可能会令人失望。记得我于80年代初第一次到上海做研究的时候,在抵达当

在上海的咖啡店

天的晚上，一个人在市中心闲逛，从锦江饭店向外滩的方向走，街头巷尾黑影重重，原来都是一幢幢老建筑，没有照明，甚至路灯也是幽黯的，整个城市死气沉沉的，这怎么像是研究资料中所显现的不夜城？第二天早上，从旅馆的楼上眺望，才发现眼下一片黄灰色，几幢旧得发晦的摩天大楼孤零零地矗立于黄浦江边，毫无大都会的气派。当年繁华的上海怎么变成了这个样子？她真像是一个破落户中的徐娘——白先勇说的 点也不假。

然而，每次到上海，都发现上海在变化：80年代的"徐娘"在90年代初又开始"涂脂抹粉"了，又过了几年竟然摇身一变成了"少妇"，虽然不够风姿绰约，却也雍容华贵。我对这个新上海反而好感渐增，一反怀旧的常态，甚至在不少公众场合极力鼓吹我的"双城记"理论：香港和上海这两个城市，过去有千丝万缕的文化关系，剪不断理还乱；现在开始互相竞争了；将来应该是相辅相成而共荣。我的这一套乐观想法也有点过于传奇，也许是一厢情愿的心理作祟幻想出来的，学理根据不足。我似乎把上海当作自己的城市，爱屋及乌，也把个人对香港的情怀的一部分"移植"到了上海。因此，我也特别喜欢和上海人交朋友，值得庆幸的是：我的上海朋友不论远交近识，对我都极忠厚，毫无外地人所说的狡猾，这可能也是我修来的福气。

所以，当上海的朋友召开"双城记·都市文化"的学术讨论会的时候，我欣然应邀前往，还特别带着玉莹来，把她正式介绍给我的朋友和我的城市。玉莹从来没有来过上海，甚至除了偶尔去过广州外也从来没有到过大陆，她是为了我才答应来的，整个大陆对她是一片意识形态笼罩下的"黑暗大陆"。记得去年5月底我们由香港飞抵虹桥机场的时候，我也不免战战兢兢，不知道玉莹会有什么感觉。

玉莹和毛尖在上海"新天地"

却不料在几天之内她就和上海朋友——特别是女性朋友——结了不解之缘,大家争着带她逛街购物,初见面不到几分钟就把她引为知己。而知己之中最和她谈得来的是毛尖,我忙着开会应酬,毛尖和玉莹却形影不离,玉莹不敢过马路,街上车水马龙,还加上横冲直闯的单车骑士,使她裹足不前,毛尖只好拉着她的手走,真是"情同手足"。这个为我写过"传奇"的上海奇女子,理应也为玉莹写一篇,所以我又再度请她为我们的上海这一章作个见证。这一次,毛尖把我们两人都从传奇变成神化人物了,但她的文字实在太犀利动人,我们不忍割爱,但又觉得是在看王家卫导演的另一部电影。

附： **花样年华**

毛 尖

1983年的一天,当李欧梵第一次走进李玉莹在芝加哥的家时,他大概没想到很多年以后,她会是他的妻;她更想不到,这个天天到她家来吃午餐的师兄会有一天,不仅和她一起吃午餐,还要一起早餐一起晚餐。那一年,佳人似玉岁月如歌,浅浅笑靥湿湿眼神,欧梵却只能当画欣赏,玉莹是师弟媳。二十年以后回忆起那些日子,玉莹说:"记得那时欧梵真是能吃!"如此一年。

等到世纪末他们在香港重逢时,二十多年的沧桑已然灰飞烟灭。是的,她变了一些,眉目之间有轻愁;他也不是当年大孩子,眼角岁月留了痕。但是一声"师妹"却把排山倒海的记忆唤回眼前,对着他,她又变回了小女孩,这些年的委屈和挣扎有了巴山夜语时,创伤有时,修补有时。岁月有恩情,其时俩人都已孑然一身,李欧梵看着眼前莹莹玉人,世纪末再无他求。俩人修成正果。

后来啊,后来啊,后来是无边蜜月,是花样年华重头来,不是王家卫的电影,是周璇歌中的华年。他们肆意恩爱,肆意甜蜜,肆意地红肆意地绿,是永不谢幕的卡萨布兰卡,是永不凋零的开罗紫玫瑰。这样的爱情一生只有一次,是"于千万人之中遇见你所要遇见的人,于千万年之中,时间的无涯的荒野里,没有早一步,也没有晚一步,刚巧赶上了"。尘埃落定,你是我的灯火阑珊处,我是你弱水三千那一瓢。如此又一年。

　　然后，像所有的电影一样，女主人公突然生病了。竟是严重的抑郁症，月光光心惶惶男主人公心中痛痛痛。哈佛教授第一次觉得自己如此无能如此无策。他心思用尽她还是衣带渐宽，蛾眉不婉转茶饭不香甜，李先生看着李太太，灯光下她泪眼婆娑，"黑色的病"像波士顿的漫漫冬夜，他发誓要把她带出黑暗。牵着我的手，我带你走。他把她带到香港。是奇迹，她又有了笑靥。

　　在上海再见到他们的时候，李玉莹风姿绰约，李欧梵神清气爽，再无阴影，再不惆怅，更有抑郁疗法贡献世人。俩人是儿女情长，山水俍依不避人，"老婆""老公"两个词被他们叫得弯下腰来向他们致敬。他不再是国际会议上众人瞩目的 VIP，她也不是庄严持重的哈佛太太，只是人间小儿女。我煲汤来你夸好，我写书来你赞妙，欧梵想象了半个世纪的爱情其实如此简单，就像纳波科夫向薇拉求婚时说："哦，我的欢乐，什么时候我们可以共同生活，在美丽的地方，前面有山景，窗外有狗吠？我所要的是那么少：一瓶墨水，地板上的一点阳光——哦，还有你。但是最后的条件绝不是小事。"不是小事，玉莹是欧梵的宗教。李欧梵说"老婆，可以吗？"就像我们说："上帝，请允许我……""老婆，我可以喝点红酒吗？""老婆，我可以再吃个小点心吗？""老婆，我可以吗可以吗可以吗？"他一味央求。可怜煞人，如此低声下气，怎么可以？但是千万不要同情他，他醉心于这样的索求，六十年了，他都是自己为自己作的主，现在，他要把自己交给老婆保管，这是欢欢喜喜的放弃，是高高兴兴的缴械。绑住我，捆住我，因为我的上帝是个俏女子。对着如此的虔诚和信任，玉莹心里一软，恨恨说："最后一杯！""最后一个小布丁！"侧过头来对我们叹气："回家又要给他吃药降血糖！"一边，欧梵却又讨好说："上次，在上海社科院吃饭，我很自觉，一杯酒也没喝。"玉莹听了,差点又心软。

从前,李欧梵在上海,最津津乐道的是他的小说,他的侦探小说,他的言情小说,他的间谍小说,现在,李玉莹是唯一的主题,他是向日葵向太阳,漫山遍野地宣布,我是李玉莹的 RD。知道什么是 RD 吗?Running Dog 是也。如此烂漫的爱情把周围的人都逼成了老年人,恋爱都被他们谈完了,我们只有在台下看李玉莹换旗袍,看她姹紫嫣红地走过来,走过来,仿佛是,二十多年以后,梁朝伟到底在千人万人之中,找回了当年那个给他烧了芝麻糊的张曼玉。

关于他们的故事其实才刚刚开始,短的是人生,长的是爱情。穿越上海枪林弹雨般的大小马路时,李欧梵永远紧紧地握着妻子的手。有一次他把太太交给我去逛马路时,一句话叮咛了又叮咛:"玉莹走路会踩在坑里,你多留心。"直到我发誓一定先把那个坑填满,欧梵才交出太太。对着这样可爱的自私,真是羡慕李玉莹好眼光。不过,不能被李欧梵的花腔高音乱了眼,享着更大幸福的是他。光看看李玉莹的菜谱和美容术,就知道李欧梵现在的日子有多么 High。有时跟玉莹进逸言:"把老公扮得这么靓,小心啊,听说啦啦啦。"她盈盈一笑说不怕。咖啡馆的昏昏灯光里,欧梵回看身边的太太,不明白生活为什么这么赏赐他。但听周璇在唱:"花样的年华……花样的年华……"

卷

六

抑

郁

记

愁

小引

　　过去八年来,我曾三度患有抑郁症(Depression),幸好现在已经痊愈了。我本是个性格内向的人,遇有不如意的事都只管憋在心里,从不肯向亲友倾诉,多年前婚姻出现问题,跟前夫性格不合,也不懂得如何沟通,结果只得分居,也不向友人透露半句,是自己不肯面对现实之故吧!后来患上了抑郁症,分居似是近因,但远因则要追溯到童年成长过程,原因不一而足。每次病发非得服药不可,而收效也不很显著,情绪低落得如陷深谷之底,万事提不起劲,度日如年。每天拖着了无知觉的躯体生活,仿如"行尸走肉"般,真是苦不堪言。记得1992那一年是最严重的,我竟自杀了四次。天可怜见,却奇迹般地活了下来,而且是丝毫无损。经此几役,遂立下决心与病魔争持下去。于是遍求灵方妙药,力求脱出自我筑起的"精神牢狱"。其间,不知历尽几许艰辛及几个年头，所靠的就是一股要好起来的意志力。当然也靠前夫的支持鼓励，最后重出生天，如今回首当年，真有不尽沧桑之感。

病后思量，当今世人患此病者，不知凡几，大多忌讳而不宣之于口，故延医就诊，平白多受苦楚。其实抑郁症是有药可治的。兹列出多年之切身经历所得，公诸于读者。若由此而可裨惠几人，于愿足矣。

凡患上抑郁症之病人，大都是身体衰弱，并且患有失眠，精神不容易集中，脑筋不得安宁；凡事多疑，遇事不易做决定。更有厌食或暴食的习惯，所以体重变化很大，胃部不适更伴有腹泻或便秘，心跳加速常以为患了心脏病。尤有甚者：喜怒无常，与人相处时有困难，有些人更有厌世倾向。为何有这种种生理反应呢？医生诊断为大脑分泌失调所致，需要服用抗抑郁素来平衡。但我个人的经验得来：药物只可有助病情之一半，另外一半则要靠其他方法，自爱是一大良方——抑郁症人多不自爱，时常自暴自弃。病人一旦有了决心让自己好起来，加上药物的治疗，就收到事半功倍的效果。我是怎样好起来的呢？下面让我一一列举出来：

（一）慢跑——每天三十分钟。病人多是神经衰弱者，神经末梢时时拉紧，故病人多患失眠症。慢跑可松弛神经并有助加强代谢作用。

（二）静坐——用瑜珈的呼吸法（腹式呼吸），尽量意守丹田，平心静气，可由调整呼吸而达到心意合一，对容易胡思乱想的病人有宁神作用。

（三）维生素——抑郁症人多饮食紊乱，以致营养不均衡，多补充维生素实有必要。

（四）参加社交活动：抑郁症人常喜孤独不群，与世隔绝，故适量的社交活动对日常生活有助。

（五）找个知心朋友谈天：跟友人谈天可以互相勉励，也可以从中得到支持，如果找到一些性格乐天的人更加有利，因为他们乐观的性格可以给你调和。

二〇〇〇年十月二十日

以上的"宣言"是玉莹在我的鼓励下写的。2000年秋我们结婚后，两人都觉得应该对彼此的过去有一个更深层的了解，这也是我们把书信和日记整理成书的原因之一。我一向认为：唯有了解过去的痛楚，才能创造美好的未来。

我听过玉莹多次谈到她过去的抑郁症，但除了同情之外并没有进一步了解，总觉得它是玉莹过去生活不愉快的一部分；现在我们很快乐，当然无忧郁可言，她的这个病也不会再发。所以当半年后她的抑郁症突然复发的时候，我也毫无心理准备，惊惶万分，不知所措，除了求医和阅读有关这方面的书籍外，也不知如何应付。下意识之间我感到这是天意——天下没有十全十美的幸福婚姻，这次灾难对我们是一个考验，过程艰难恐怕在所难免。所以我也希望她并强迫自己在这个磨难的过程中写下一点日记，虽然心情恶劣，但也勉强写了出来，随感随写，文字当然潦草，章句也毫无润饰。现在把它整理出来，为了存真，也没有作任何更改，只不过删节了少部分重复的字句而已。

事后思之，余悸犹存。但我还是主张要面对它，不能遗忘，并希望以反省的文字来化解心灵中的无形创伤。在挚友白先勇和王德威的鼓励下,玉莹也毅然把她四次因抑郁症而自杀未遂的经验写了出来,爰付于后。

抑郁症至今起因未明,而现代社会中患者却日益增多。一般人——特别在华人社会——对它的了解仍然不够,或隐而不宣,以为家丑不可外扬,然而越是隐匿,对患者和亲友伤害也越大。美国医界近年倡导组织各种抑郁症人参加的"支持团体"(Support Group),以便互通音讯,互相协助。这种做法是否在华人社会行得通,尚待研究。我们决心把这一段"愁史"公之于世,目的也是唤起有心读者的注意,至少希望此病不要受到误解或忽视。作为患者的亲人,在精神和感情上对患者的支持是极端重要的;换言之,仅靠药物是不够的,生理和心理上的治疗必须互相配合。但西方的心理分析或谈话医疗法(Talk Therapy)对东方病人不一定有效,反而是亲友的照顾和宗教上的安慰更得当,至少,这是我个人的经验谈。

抑郁症初发的征兆不下下列九种,如果发现至少有四五种征兆同时发生,应该立即求医:

(1)情绪低落。

(2)对生活上几乎所有的活动都失去兴趣或乐趣。

(3)食欲和体重突然改变甚大。

(4)失眠或昏睡不起,连续数夜。

(5)行动迟缓或过度急躁。

(6)疲惫不堪,没有精力。

（7）毫无自尊和自信，或过度自谴自责而有罪恶感。

（8）无法专心思考，精神涣散，不能作决定。

（9）屡屡想到死亡或自杀。

抑郁症的治疗需时甚久，轻者一个月，重者一年半载。最严重或有自杀倾向者，则应住院。此病复发的机率也甚大，病愈后不能停止药物，可继续减量食之，并辅之以身心健康的保养。玉莹提出的五种方法皆甚有效，但可惜她上次痊愈后不到半年就停止吃药，以至于一年后复发。

以上的"经验谈"，只能算是"立此存照"。我们在感情上遭受的折磨，则远非笔墨所能形容，现在重读几个月前的日记，更感到语言的无力，但语言背后的辛酸仍然刻骨铭心，这辈子永远忘不了。我们事前也没有想到：它竟为我们愉悦的生活纪录添加一个沉郁的乐章。好在这个乐章（并非如柴可夫斯基的"悲怆交响乐"一样）奏完之后，我们又恢复了明快的、"如歌的行板"的生活节奏。

往地狱走几回：刻骨铭心的经历

那年——1992 年，是我生命中的"大灾年"。我一个人住在沙田火车站附近的蔚景园。那时我刚跟文正分居，就买下那间房子，面积不到四十平方米。旧业主是对颇有品味的年轻夫妇，屋内家俬都由他们设计，客厅的沙发、餐桌全都是黑色。配上我从旧居带来的那张红、黑、灰三色的大地毯，刚好覆盖了整个客厅。睡房的墙色是淡紫色加上一套浅灰色的床架床角柜及衣橱，还有原来房间的地毯也是淡灰色。当时我只看过几眼就决定买下那房子，大概是那房子的颜色配搭正好配合我当时的心情之故。

住进那房子的头四天，文正怕我不习惯独居，他睡在客厅的大沙发上陪我，以后我就开始了有生以来的独居生活。初头的两天还不怎样觉得寂寞，第三天的晚上，我的身体首先起了异常的反应，膀胱有种刺热的感觉，令我每隔五分钟即起来如厕。如是者一个晚上合不上眼，精神极端疲乏却不能躺下睡觉，脑子里思潮起伏，心绪凌乱不堪，在空白的纸张上写下一段又一段的胡言乱语。第二天早上立即致电在玛丽医院驻诊的陈真光医生，她是我的好友，每次遇到身体上的疑难，她都一一为我解答。这次她给我的答案是：我可能患了抑郁症，她给我介绍了一个心理医生。那天夜里，我的生理症状消失了。往后就开始了漫长的心理治疗。如此断断续续地服药停药，持续了十年之久。其间四次复发，四次停药，悲苦备尝，仿佛往返地狱几次。抚今追昔，不觉凄然泪下。

就在 1992 年，在那灰、黑、紫三种颜色包围下，我的情绪并没有因

1992 年抑郁症发之前与母亲合影

1995 年劫后余生与好友冯涵棣合影

药物的治疗而有所提升,反而是日渐下沉至谷底,我对于将来看不见一丝希望。对于身边的亲情和友情没有任何感应,这是抑郁症患者的一般病征。本来敏感的心灵枯干得像一口千年的古井,由于对人生绝望而痛不欲生。从那年的年初病发始,一直挨到3月份。我开始计划如何了结残生。

有一天早上,我跑到沙田新城市广场的文具店,买了一把小刀片。下午躺在床上胡思乱想两小时,然后动手割脉,以前听别人说割手腕的脉可以致命,但自己动起手来却又是"手生"得很。就是狠不下心来,大刀一切下去,只随便割了两下就因为痛而停手了。血一点一滴地慢慢流着,伤口却隐隐作痛。自忖这种流血法子是死不了人的,于是只好连夜坐计程车往医院求治。医生问我伤从何而来,我佯称被玻璃碎片割到,医生被我瞒过去了,但这一道伤痕却成为我往后生命中永不磨灭的痛苦印记。

第一次的自杀是因为"手生"而失败了。第二次不容有失。我没有想到如果再失败了将怎么办?经过两个多月的准备,我心里的魔鬼又终日缠着我不放。5月初的第一个星期,每天睁开眼,魔鬼就在我耳边说话,诉说自己活得很辛苦,多活一天就多受一天的苦,倒不如早点了结。那两个月内我转换了心理医生,新旧医生交替之间,我巧妙地骗取了上百颗药丸,其中有安眠药、抗抑郁药、镇静剂等。据云,药物连同酒精服用更为奏效,于是我买了一瓶红牌Johnny Walker备用。就在那一个星期六的黄昏,晚上八时左右,开启了电视机,收看着电视台播送的香港电影金像奖颁奖礼。记得那年张曼玉因主演的阮玲玉被提名角逐最佳女主角,我素来喜欢看张曼玉演戏。没想到阮玲玉的收场也巧合地成为我的收场。阮玲玉的死是因人言可畏,而我的了结却是"作茧自缚"——受了魔鬼的作弄。我以为百颗药丸连同一大杯烈酒作药引总会换来"长醉不醒",没想到只是换来三十多小时的好觉一场。隔天早上醒来无恙,只好又装扮一番上班去了。这次的苦心经营又静静悄悄地失败了,但我心中的魔鬼却没有因此而罢休。过不了两个星期又卷土重来。

　　这次的卷土重来,采取何种方法自杀是件煞费思量的事。可能是前两次的不成功,令我这次慎重多了,而且需要拿出来的勇气更加要多。在这两个星期里,每天内心都在挣扎,有时想着拖延,有时想着速战速决,最后仍然是魔鬼得胜了。有一天中午我约冯涵棣在沙田新城市广场午饭,饭后我们在广场的自动电梯分手,当时我已计划好当天下午行事。我们各站在一上一下的自动电梯上挥手道别,我用深情的眼神向她投下最后的一瞥,心中说:"永别了,我的好友!"眼泪直向腹中流。回家后,用买来的胶纸封密门隙、窗缝,然后把煤气炉连接墙壁的气管口割断一半,用心听的时候可以听到咻咻之声。我从睡房中拿来被褥及枕头放在厨房的地板上,轻轻把门关上,再安然地躺在地上等待死神降临。那时的脑海平静如镜,没有思绪也没有杂念,以为很快就会失去知觉。谁知等了十多分钟,我的神智仍然十分清醒。于是我一跃而起,用手扭动煤气炉开关,就在电光火石之间,耳畔传来隆然巨响,原来窗架上的抽气机连同窗架都飞到街上去了。眼前火光红红,一条火舌从墙壁的缺口中吐出来,我一时躲避不及,左边耳翼旁的一绺头发被烧焦,左膝盖也灼伤了。我当时情急生智,立刻冲回房间致电消防局,然后直奔屋外等待救援。不消十分钟大队消防员和警察拥至。正在那时我爸爸来电问我:那天晚上约到哪儿吃晚饭? 我匆忙中只好诈说我忘记了当晚的约会。订明日再约。爸妈他们哪里晓得苦命的女儿刚从鬼门关中逃出来。事后被文正发现,他惊震之余,竟在我面前号啕大哭,并迫我拿着木十字架起誓以后不再自绝生命。

如此过了半年,我跟文正又覆水重收。我搬回城门河畔的他家生活。我们打算再尝试在一起生活。可惜破镜难圆,我们仍然是不开心。互相沟通的渠道仍淤塞不通,我的抑郁症未见起色,魔鬼仍然徘徊不去。于是再萌生死念。但不想死在他家中,故在附近租了酒店房间充作断魂之所。我所买的毒药俗名红山埃,化学名为一氧化氰。此种药物毒性很强,服用一小匙即可致命。我大概于下午四时入住酒店,随身行李只有一个小袋,那时天气是深秋时分,穿上文正刚从斯坦福大学买回来给我的运动外衣,灰色衣身印上红色的英文字。进入房间后,先在床上躺一会,脑海仍是一贯清明,一心只想到死,丝毫没有恐惧感。真是有死的勇气而没有生存的力量。过了大概一个小时,窗外暮色凄迷。拿出毒药,倒出大半瓶溶入玻璃杯内,橘子红的一杯溶液,颜色鲜艳,看来可口,遂坐在床上一口饮尽。倾刻顿觉全身冰冷,下一秒钟感到胃部不适,再过一秒钟,刚喝下的溶液已经都从口里一吐而尽,把本来雪白的床单枕头都染得橘红一片,骤看似一幅泼墨画,也像落满一地的新英格兰枫叶。全身冰冷的感觉消失了,眼看床褥弄脏,怕被酒店的人发现而送官究治,于是赶快收拾好东西,走为上策。回到家,已是华灯初上时刻,为了不让文正发觉,赶快淘米煮饭。

抑郁日记

2001年3月8日

今早起来赶着出门,妈妈来了电话,她告诉我:就在这天下午得到医生报告,她的脊椎骨有一节被癌细胞侵蚀了,需要立刻电疗。我当时的反应是有点震惊,却不敢表现出来,前阵子在担心爸爸的健康,他有一颗痛弱的心脏,他告诉我医生说顶多多活三五载,所以他打算退休,我们都觉得他应该退休,享享清福。没想到现在妈妈又有病了。

记得1991年的冬天,妈妈发现患上第一期乳癌,她动了手术,复原得很快,她是个坚强的女人。那时爸爸还在印尼做生意,回来照顾她一段日子就走了,我那时正好跟以前的丈夫分居,感情陷入痛苦而无助之境,没有跟爸妈透露我失败的婚姻,就自己啃着痛苦看心理医生服药。所以对于妈妈的肉体痛苦似乎感觉不深,因为我的精神痛苦令我自顾不暇。但妈妈从未在我面前诉过苦,我每次都苦着脸去看她,反而是她给我安慰。

十年后的今日她又患上癌症。我的人生道路正走到光明处,去年跟欧梵结婚,人不再抑郁了,我们生活幸福愉快。对于妈妈的疾病反而可以有深切的感觉,感觉到无奈及内疚:对于人生的生老病死感到无奈,也因为过去对待妈妈不够好而感内疚。幸好有老公在旁,他说:"上帝赐给我们如此美满幸福的婚姻,可能是需要付出代价喽,但不要怕,我全力支持你,共度这段艰苦日子。"我虽然仍牵挂着妈妈的病,但心情舒坦多了。我有一个感觉,妈妈是个勇敢的女人,她这次会吃一些肉体的苦头,最后会吉人天相的,因为她有一对肥大而长的耳朵,我下午到附近花店买了一颗植物，我会每天浇水施肥，好好照顾它，就像照顾妈妈一样，它会长得青葱有致，就像我妈妈的病会渐渐康复一般。

2001年3月15日

近日为了我妈妈的事忧虑以致情绪紧张，晚上整夜不能成眠，今早起床，身心都疲累不堪。下午没有旁听老公的课，留在他的办公室休息，但怎样也无法入睡，于是心情开始焦虑起来。记得以前抑郁症病发之时都是从几个无眠的晚上开始，想到3月22日要到柏林及荷兰旅行，如果继续睡不好，恐怕会情绪低落起来，就会影响整个旅程，于是越想越不对劲，待到老公下课即刻约请他的家庭医生给我安眠药，当天夜里睡得很好。

第二天起来，老公约我到外面午膳——我喜欢吃的日本菜。饭后我去理发，三时要见心理医生，跟她谈谈我的近况及情绪变化。她认为我不是患上抑郁症，而是因为我最近担心妈妈的病而带动了我的情绪低潮。加上更年期情绪的不稳定，更加重了焦虑。那天回家，我以为自己还可以，但晚上情绪开始差起来，很多的担忧、焦虑、不安接连而生，心情当然不好。吃过晚饭，跟老公坐在客厅的沙发上谈感受，谈到触动处，我们两人都哭了。我们两人的哭，触发点各自不同：我老公怕我患上抑郁症后会放弃自己，而且再不需要他了；我之哭是因为想到很多可怕的事。我又患上抑郁症？太可怕了。我以前患抑郁症的日子过得痛苦极了。但那时倒是无牵无挂，但现在有了他，却多了一层牵挂。那时一个人在屋子里，可以几天不吃不喝，不谈不笑，病了死了，也就是一个人。现在可不同了，我们过去一年多的共同生活，活得那么快乐,我们都有说有笑,而且生活得乐趣无穷。老公每天说上几十次"几好"表示他对生活的满意。我一旦患上情绪病,他能够不受我影响吗?我可以强颜欢笑吗?我不快乐,他还会快乐吗?我们结婚以来,我最大的成就感是给予他一种幸福愉快的家庭生活,现在看来会因为我的情绪病而停止。我难受极了,因为再不能给他快乐。还有更可怕的事,就是我的健康,一直以来,我很担心自己身患重病,时常疑神疑鬼、不得安宁。4月份约订了两个医生检查身体:一个是因为申请永久居留需要验身,另外一个是例行检查;现在再加上更年期问题,需要各项检验然后再决定是否服药。这一切未做的检查都为我带来不少的焦虑,因为平日或多或少的身体不适,令我怀疑自己总会患上某种毛病。想到此,我害怕极了,一旦患上重病,情绪病加上重病,我的情况将会是如何可怕呢?!如果我英年早逝,那遗下我那需人照顾的老公,那又该怎办呢?那天他哭,我的心碎了。他是个感情脆弱的人。他说:"我等了六十年才得到的幸福快乐,你不要丢下我不要呀!"我能够放心吗?我总觉得跟他结婚是要给他快乐而不是给他负累。我感到彷徨无助,所以晚上无法入睡。累得他半夜给我讲故事、谈天来分散我的注意力,好让我安然入睡。我不忍心把他吵醒来伴我。

2001 年 3 月 20 日

春天似乎来到波士顿了,阳光大好的日子,我的心情却不好,早晨起来,半睡半醒之间,脑子里有种极难受的感觉,似乎觉得有个焦虑的"恶魔"躲在我脑子的一个角落,伺机来袭击我。我又有了过往那种难受的感觉,咒不死的抑郁恶魔快远离我而去吧!

2001 年 3 月 21 日　给老公的一封信

　　老公：今早我不要起床一同上街去。这是一般情绪抑郁的人惯有的表现，早上睁开眼睛即觉得没有勇气面对那一天，在几年前，我一个人患这病的时候，就往往是不愿起床，有时一个人在屋子里赖在床上两三天。但现在情况不同了，我们俩人在一起，我有了你的支持，我们都要努力维持正常的生活节奏：每天仍然给你预备早餐，提醒你吃药，跟你回到办公室去。但做到这一切，我必须花很大的努力。

　　刚才我在路边餐厅等你，短短的半小时，有很多的坏想法来袭击我，是什么呢？好不容易我们两人结婚了，我从未想过能有如此福分，碰到一个这么深爱我的人。我从小得不到的父母之爱，后来结婚，那段婚姻的不如意，现都补过来了。老公！我不禁问上天为什么如此残酷，叫我享受了一年多的快乐日子，又要我陷入"水深火热"中呢？老公！我好害怕，我怕有日会受不了精神的折磨，进入疯人院。老公！我又怕以后得了重病，再不能陪伴你，照顾你，那时你我该怎么办呢？老公！我现在哭，因为我不知怎么办！难为你照顾我这个没趣的无用之人。我好想跟你快快乐乐地过日子。

2001 年 3 月 22 日

　　本来今天要去德国，清早醒来，仍然朦胧之中，老婆拥着我在身边说："老公，没有奇迹了！"我把她的广东话下意识听错，"奇迹"变成了"刺激"，而"刺激"这两个字又在我脑海中改变了意义，成了抑郁症，好像老婆再次印证了昨晚她的感觉：抑郁突然消失了，真像是一个奇迹！

我昨天午夜肚饿,下楼到厨房找东西吃,吃完上床看到老婆的笑脸,声音也大多了:"身体本来没有病,就是有病,除了癌症也没有什么不可以治的!"我听了也觉得理所当然,和她一搭一档地谈了起来。谈了几分钟,老婆突然说:"抑郁症走了,我突然感到很轻松!"然后她又说:"我们真该信上帝了,有事求上帝,没事就忘了,这怎么好?老公,如果明天早晨我还是这么好,我们应该马上去教堂!"我刚向她说过:我不信上帝,但就在那个时刻,一股无以名状的感激之情涌了上来,是的,我要感谢他,他是仁慈的,世界上向他求助的人何止千千万万,但却偏偏赐给我们!是的,我衷心地感谢这个奇迹。

于是我安心地睡了。

今天清晨不到五点钟,我依稀感觉到老婆醒了,在我身边蠕动,我不敢睁开眼看她,害怕看到的又是这几天的忧伤迟钝的表情。我还刚刚作了一个梦:她把三束鲜花拿给我,要我送给几个同事,但内中两个人拿不到,其中一个就是我的系主任。

"老公,没有奇迹了,本来人生是没有奇迹的!"我们只好认命。

我感到自己订下的各种旅行的安排对她是个压力,会加深她的焦虑,所以应该取消这次到德国旅游度假的计划。窗外大雨淋漓,老婆勉强起床为我煮早餐,我吃完了就开车到旅行社退机票,反正罚款也无所谓,花钱也许可以挡灾。

下午,陪老婆坐在沙发上,我摸着她槁黄的面孔,忍不住眼泪落了下来,这不是我第一次哭,但生平也从来没有像这次一样,每天竟然有流不完的泪水。

　　玉莹曾经患过多年的抑郁症,病因从何而起,谁也不知道。我和她在一起一年多,从来没有看过她忧郁的这一面,还以为昔者往矣,而我们的婚姻又如此幸福,她的 Depression 是完全根绝了,所以也从来没有留意。偶然她说心情不太好,我还以为她在家太闷了,我又那么忙,对不起她。春天来了,可以到各处玩玩,散散心,所以才安排了一大堆旅行的计划。上周一下午,我在办公室忙得不可开交,她从家里打电话来,声音出奇的微弱:"老公,我不舒服,心情不好了!"我叫她到我办公室来,也许我们到哈佛广场喝杯咖啡就会好了,但她在电话中的声音却斩钉截铁:"我不去!"刚好我的外甥女在玫来访,我陪她参观一下校园,回家时还买了一小盆花送给玉莹,开门进来,故意执礼甚恭地把花献上,她却无动于衷,表情呆呆的,我只好向在玫说:"舅妈在担心她妈妈的病。"

　　玉莹的母亲患过乳癌,十年前已治愈,不料最近才发现癌细胞已经侵入背骨,这个消息,对她可能是一个不大不小的打击。玉莹又是刚刚进入更年期,情绪可能不稳定,所以我可以理解她此时的感觉,所谓"情绪波动"(mood swing)会较前大一点。没有想到是抑郁症复发,迹象已经相当明显,但我竟无所觉,总是自以为是地作解释,以为这不是什么大不了的事。

　　其实一般人——包括我在内——对于抑郁症的了解都不够,大都以为这不过是情绪低落而已,过一阵就好了。幸亏玉莹自己有经验,知道先前的那种受不了的感觉又来了,自己不能控制,应该立刻看医生。

　　她先和一个心理医生谈,那天她心情还好,所以医生也说不见得是 Depression,过了两天,觉得不好,再去看另一个医生,我陪她去,询问之下，才发现她以前大概受过两次抑郁症的袭击，第一次好了以后到第二次再发相隔大约两年；第二次好了以后，至今又是一年多了，这次再发，似乎刚好合乎"周期"。Depression 基本上是脑系统的病，它可能由心理因素引起，但一旦爆发后，就像一场狂风暴雨，一发不可收拾，任何心理治疗都不能立时见效，唯有用药，但药物的效力至少要三四个礼拜才知道。

今天才是第一个礼拜的结束，来日方长，我们怎么办？取消了所有的旅行计划，呆坐在家里行吗？外面的雨还不停，玉莹拉着我的手说："老公，我受不了！"我不知怎么办，临时买来的有关 Depression 的书派不上用场，我急了，眼泪禁不住又流了下来。我只好再打电话问医生："作为一个抑郁症病人的配偶，我应该怎么办？每天下午到黄昏是她最难忍受的时刻！"医生说："问问她，然后照她说的办！"我转眼看看也是满脸泪痕的老婆，问她："你说我该怎么办？"她说："不如上去冲一个凉。"广东话"冲凉"的意思既是淋浴也是洗澡，我们两人婚后有一个亲密的习惯，就是有时会一起冲凉，挤在澡盆里，她为我磨脚，我闭着眼睛自鸣得意。这次她竟然还要借着冲凉的理由来侍候我！因为她说这是她唯一可以暂时抵挡那股受不了的感觉的办法！

"老公，我这一生唯一的成就就是在这两年间给你无比的快乐，为什么上帝又要我受折磨，不能和你共享快乐、好好地过日子？"

我哪一世修到的福气——听到这样的话？而买来的一本书上说得正相反：夫妻中如果一个人得了抑郁症，另一个不是生气就是批评，这叫"抑郁症反目"（Depression Fallout），有七个阶段，从紊乱到决裂。

这又是什么夫妻？婚姻如果不是一张法律废纸，就应该有其意义，中国俗话道："同甘共苦"，英文说"through thick and thin"正是印证了我们这个时候的心情。

2001 年 3 月 23 日

今早我俩在床上所说的一段话，给予我一种求生欲望。我们的爱情是如此的浓烈，我哪忍心舍你而去呢！这个星期以来，你付出的爱心表现为拼命阅读有关抑郁症的书籍，为的是要尽心竭力帮助我，我虽在受苦期中，也感到莫大安慰。

2001 年 3 月 24 日

我的情绪差到不能再差了。但依偎在你的怀里，从你那充满爱意的眼神里，我又重新得到力量。我虽然痛苦万分，也会咬紧牙根支撑下去的。

2001 年 3 月 24 日（星期日）

昨晚玉莹的美国好友 Berthea 打电话来慰问，她自己也经历过，所以是过来人，见解一针见血。一般人不知道 Depression 是怎么一回事，我自己以前也不知道，英文顾名思义，指的是心理上的忧郁积累过多，造成脑筋的失调，忧郁的原因消失或解除后，病就好了，所以我和玉莹的婚姻应该是医治此症的妙方，我们过得那么快乐，怎么会有忧郁呢？没有任何理由复发。然而，乐不思蜀也可以变成另一个发病的因素。

我忘了许多日常生活上的计划会造成压力,甚至办移民需要身体检查,她都引以为惧,我初以为她在开玩笑,但也从其所愿。检查日期故意延到现在,最后,就是那个礼拜一（3 月 12 日）——不幸的 Blue Monday——我为了准备见校方的一个官员谈退休卖房的事,找不到相关资料而大发脾气,发完了才想到要为玉莹安排体检,于是立刻打电话给一个政府指定的医生,约好在 4 月 9 日（又是一个礼拜一）检查,我看到身旁的玉莹脸色有点惊恐,但不以为意。就在那天下午,玉莹打电话给我说心情不好,我仍不以为意,想不到几天后她的抑郁症就复发了。

抑郁症也是一种恶魔（Demon）,它盘据一个人的脑子以后,可以使患者完全无法控制自己越来越灰暗、惊恐和忧虑的思想和感觉,这种黑暗势力的袭击,只能用一个词语来形容——它像一场暴风雨,每天袭击一次,至少有大半或十数小时之久,稍息之后第二天又会袭来,如此周而复始,一直持续几个月或更久。病人在这种风暴袭击之下,几无招架之力,所以时而会有自了其生命而减除痛苦的自杀冲动,甚至也有人实现了这种想法,不少名作家自杀,就是因为斗不过脑中的恶魔：海明威、Roman Gary、Primo Levi、Virginia Woolf……

以上这些,都是我从一本回忆录中得来的,作者 William Styron 也是位名作家,他把自己的抑郁症经历如实地写下来,成了一本小书,书名叫作 *Darkness Visible*——《可见的黑暗》——并且创下一个新名词 "Brainstorm"——脑风暴——作为较 Depression 更精确的命名,可惜的是这个字早在英文字典中有其正面的意义：几个人作集思广义式的"脑震荡",共同思考。刚查了一本英汉字典,内中有一条是:"突然的精神错乱",也不见得对,因为它不是精神错乱,病人的神智非常清醒,玉莹说的每一句话都很清楚,但同时她也会说:"我太辛苦了,受不了!"然而却无法描述这种痛苦的真实感觉——真是 Beyond Description,没有任何言语可以形容。我看着她天真无邪的眼睛,没有以前的光彩,像一个好乖的孩子受人欺侮,然而我也知道:她此时正在受常人都极难忍受的折磨,每天中午到晚上都在默默地承受着这个无休无止的磨难,下午四五点的时候最厉害!我看着她,自己也实在忍受不住,泪水就往往不听指挥了。不知道有多少人都说过类似的话:"上帝,让我分担一点她的痛苦吧,多分担一点,她也可以好受一点!"但是除了泪水之外,仍然无济于事,我只好一次再一次地告诉她:"我的泪水就像我的爱一样,越流越多,永远不会枯竭的。"

每天清晨醒来. 看到枕边妻那双早已醒来的眼睛,我的泪水就禁不住要涌出来了,然而那股心酸,又如何可以和她脑中的痛苦相比?她拥着我,为我拭去眼泪,还不停地警告我:"哭多了会伤身体的,特别对你的糖尿病。情绪太激动不好!"我听了当然更控制不住……似乎一辈子也没有流过这么多眼泪。

写到此处,坐在身后沙发上的老婆说:"老公,你又汗了?"——广东话哭作"汗"音,但愿能像流汗那样舒适自在! 一天又一天,每天都特别长——漫漫长夜都变成了日间。玉莹晚上吃两颗安眠药,但仍然无法立刻入睡,我默默假装睡着,一边感觉到她的动静,希望她早点睡,但她又知道我为了顾到她又睡不着,"老公,你先睡吧,你需要更多的睡眠,否则对身体不好。"其实,我的身体此时对我又有何意义?如果她离我而去,我大概没有勇气自杀,但至多也不过是行尸走肉,过着无意义的日子。

"上帝,求你让我早点康复,可以让我和老公多过几年快快乐乐的日子……"每天晚上睡前她都在祈祷,比我更虔诚。我们还会有多少好日子过?二十年?十五年?几年?都够了,只要她早日康复,我们会更珍惜每一分钟、每一秒钟。

快乐总是有代价的,我很愿意付出,只是又觉得上苍未免太不公平,让这么一个纯洁的女人有半辈子在受难,而使她受难的人却活得好好的……我不能有这种想法,也许这是一种天生的病,有人得白遗传,但玉莹的父母都无此病,那只能是后天造成的?……想来想去,总归徒劳,应该为她想出一些目前可以救急的办法。

Bertha 在电话中介绍了一个医生,要我立刻打电话去,星期六晚上打扰别人,我一向不为的,这次不管了,接通了电话,医生却说不巧明天她要出城度假一周;又打电话给她介绍的另一个医生,也不得逞,反而说我应带她去学校诊所看,当然早已去过了,也不能及时找到医生——每一个诊所的日程早已排满——只找到一个好心的护士,和我们谈了半天,开了一副药,但药力至少要三四个礼拜才能见效,如果不见效呢?又得换另一种药,又要等三四个礼拜或更久,病人能撑得住吗?

我只好一遍又一遍地对玉莹说:你一定要顶住,你一定要好返!要有信心!愿我的爱情的泪水可以流到你的脑里,可以帮助你赶走这个恶魔!

2001 年 3 月 30 日（星期五）

玉莹坐在我身后的沙发上，面有愁容，也显得很憔悴，我知道她又在默默受苦了，每天下午的这个时辰——五点钟——是她最痛苦的时候。

今早我们躺在床上长谈，每天都是一样，她一早就醒，等我醒后就默默地瞧着我。今天我们差不多同时醒，我昨夜也失眠，要靠两颗 Melatonin 催我入梦——但昨夜无梦，反而在醒着的时候听到她大叫一声，像是在经历一场恶梦，可怜的孩子，我应该怎样做才能减轻一点你的痛苦？

这一个礼拜适逢春假，为她看病的医生刚好放假不上班，我们连去了两次诊所紧急挂号求诊，见到两个医生，都不得要领，两人意见不合，反而令玉莹虚惊了一场。女医生还好，那个男医生要知道玉莹有没有想死——包括自杀——的冲动，是否超过"安全"的范围，否则要送她住医院，"就像一个犯人要坐监牢一样"——一个医生竟然做出这种损人尊严的譬喻！我的妻子当然不能住医院，我更不要她去，我们早已朝朝夕夕相依为命，在平时离她一两个小时，我都会挂念着她，何况现在？

在床上她一句接一句地反驳我的想法和计划，全是反面的：以后再有更多的 Anxiety 怎么办？漫漫长途——几个月？一年？或更长？——何日才可以见到隧道那头的阳光？我说既然有隧道，其就有限度，不会长到一直都看不到尽头，不会的，我们必须尽力，共同度过这个难关。

但难关太难过了！她用了"痛不欲生"这个词，又说"欲死不得，欲生不能"，我听了早已肝肠寸断，哭了这么多天，她和我都有点欲哭无泪了，必须冷静地计划一下。

每天不论如何平淡，一定要过得有意思，每天三餐，我们一块儿做饭（其实她是为了我才做的，自己早无胃口）；散步、买菜，偶尔去咖啡店喝杯咖啡（我喝，她坐着看我喝）；晚上坐在一起看书（我看，她瞪着我看，眼光纯得使我难以忍受——为什么这样一个纯洁的人要受如此的罪？）然后到楼上卧房上床"倾偈"，互相搂着，从两人的体温感受到心灵的温暖，无论怎么苦，我们的情更深，每天都深一点，慢慢积累着，真是细水流长，成了无尽的河流了。我每天三番五次地向她说："老婆，我好爱你！你看我现在已经向你倒空一切了，和你对我一样！"然而即使如此，我还是感受不到她脑中真正的折磨和痛苦。

我想到 Ingmar Bergman 的影片《狼之时辰》(*Hour of the Wolf*)：夫妇两个人，清晨三点睡不着觉，坐在屋里听外边野狼的叫声，丈夫对妻子述说他的恶梦，渐渐他的恶梦也传到她身上了，她也做同一个梦。

现在我就想如此：分担她的恶梦。

这一场人生的恶梦，何时可了？当我今早和她论辩的时候，觉得是在和魔鬼斗争，你一句我一句，我几乎可以听到魔鬼在她脑后的狞笑："好，我们来玩玩，看谁厉害！"看谁厉害，我是打不倒的！我发现非但玉莹的脑力比往常厉害得多（她本来就很聪明，但很少和人争论），而我的脑筋也随之犀利起来，就靠着正在看的一本通俗心理学的书（《*Feeling Good*》, by David Burns），我也开始玩起"认知游戏"来，这就是 Cognition Therapy：在左边一行把你的坏想法写出来，然后在右边一行写出较理性的反驳理由，如果再不行，干脆一路直线向下推演下去：一个比一个更不好，不好了又怎样？一直推到黑暗的最底层——问题的症结点。我发现玉莹最缺乏的是自尊（Self-esteem），连带而起的缺乏自信——特别是对于她的身体；她对体格检查的恐惧（Phobia）已经到了惊人的程度，如果检查后发现有毛病，怎么办？当然可以治？但已经有了抑郁症，再加上其他病，受得住吗？……我不知道，只知道把体检日期延长或取消，但取消后又如何通过移民局这一关？得不到"永久居留"怎么办？

怎么办？我反正想回香港，不如我们干脆回香港定居算了，每年回美国度假，总不至于不准我们旅游吧！

我逐渐感到另一种如负重担的感觉——正当担子最重的时候，我发现自己愈受磨难反而愈有耐心和勇气，也许这就是我的 Strength：不服输，反正豁出去了。倒空一切以后，所有的难关我都可以对付。我这一生只剩下最后的一个目的和意义：和玉莹好好地过日子，完成我们两个人一生的最后阶段。在没有完成之前，我誓不罢休！

2001 年 4 月 2 日

我想得太多了，也太可怕了。我成了个预言家，似乎什么最坏的事情都全发生在我身上。很多时候，我倒过来同情起你来了。为什么你等了六十年，我们可以快乐地过日子之时，却又发生了这件不幸的事情？我原先是要好好地照顾你的，现在反要你为我终日操心，我实在抱歉。以后的事我不敢想，祈求上天可怜我，叫我早日康复，我们又可以快乐地过日子。

2001 年 4 月 4 日

我爱你！尤其在这些痛苦的日子里，如果没有你的支持，我真的无法活下去。我们比以前更相爱了。我每时每刻都感到温暖，我在痛苦之时见到你那可爱的脸容，又再鼓起勇气活下去，我每天都感到绝望痛苦，但这些都会过去的，以前都得去，这次也一样可以过去。

2001 年 4 月 4 日

我怀疑自己得了病，但却不愿意检查身体，是没有勇气面对；如果一旦得了病，我怎样去面对呢？如果我患了不治之症，最后死了，你又会如何过日子呢？人生总会遇上很多不如意的事，我日后又怎样应付呢？

如果我这病一直不好，暑假后你回港教书，还得照顾我，岂不太麻烦了吗？就算过一段日子以后病好了，以后什么时候又会复发呢？我很害怕，为什么我的思想都是这样漆黑一片？我的焦虑多得很，叫我无法承受，我的心在颤抖，我的灵魂在号哭，但我的外表只是呆滞而已。

2001 年 4 月 5 日　一封给前夫的传真信

收到你的传真多张，却提不起劲给你回音。我可以说些什么呢？这几天又在经历情绪的大混乱，每天日子难过万分。上星期是哈佛的春假，老公他不用上课，每天陪着我，初时我的情况令他有点儿手足无措，现在好多了。他知道如何应付，虽然我的情绪仍然恶劣，却比几天前稳定了些。我有数不尽的焦虑，弄得我分秒难挨。真可以说是痛不欲生。每天服药效果未见，这次幸得他在旁照顾支持，但我却有无限的内疚感，因累得他食无定时，睡无定时。这星期他又得回校上课了，他却又不放心留我一人在家，只得找朋友轮流在家陪伴我，当然我又是什么事都提不起劲，这是你都知道的。

其实给你写这封信也觉很没意思，大概你想知的都不是我这么一大堆的沮丧话吧！我自己却无法控制，最近我眼睛出了毛病，去看了医生，但情绪太差了，连应有的恐惧感都盖过了。今天是3号，应该给妈妈致电问候她，因她以为我们到欧洲旅行，3号应该回来了，但却怕她担心我的病，故拖延着没给她打电话。

每次病发都总觉得身心大混乱，全部都不对劲，人也瘦了一圈，也变得丑了，很不想见人，尤其是陌生人。像个没有心的人，没有任何感觉（除了焦虑感），每天就想到过去一年多来的快乐日子，为什么如此短促呢？如果不是我顾念着他，就会整天待在床上不起来。现在还可以勉强起来烧两顿饭，到外面散步，维持最起码的正常生活。我完全没有胃口，但为了要生存下去就得有营养，现在每做一件事都要费很大的劲，如日常洗澡、洗脸、刷牙等事。

每次想到不知何日才能康复，我的焦虑又来了，将来的日子会是怎样的呢？我不敢细想。我努力地回想以前病发时的日子是如何度过的呢？我知道那时你也是很辛苦的支撑着我，陪我度过漫长的日子。

现在老公上课去了，涵棣未到，我一人在家给你记下我现在所感所想的一切。我感到很多莫名的恐惧，还有忧伤、绝望、痛苦。这一分钟很难度过至下一分钟。为什么你和老公都如此乐观，而我却是个悲观的人？虽然我现在很痛苦，但没有计划想寻死。如果我自杀死了，他将会抱憾终身，他可以承受这种压力吗？正如上次我跟你起誓一样，我不要伤害自己也不要伤害别人，尤其是我所爱的人，但我又该如何过日子呢？每天就是如行尸走肉般地过？我不要这样又可以怎样呢？或许我应该是过一天算一天吧！以前我不也是一天一天地熬出来了吗？可余有多大的痛苦也，只有自己知道。跟我再亲近的人也不能领略于万一。算了吧，再谈也无用，就此打住，很羡慕你感觉良好。

莹

3 月 4 日

2001 年 4 月 15 日

在这一刻我情绪感到极端不好，这种不好的感觉是我经历过很多次的。本来我以为这次抑郁会较为轻微，没想到它是慢慢来的。你告诉我它就像个飓风，一定会过去的，但现在我正当在风眼中，所以万分难受。这次得你全力支持，我感到好多了。过去一年多的快乐日子，作为我现在挣扎的目标，我会很快又活过来的，为了我们将来的快乐，我会勇敢地站起来，我不会被它打倒的。

2001 年 4 月 17 日

刚才涵棣来跟我谈有关自我的问题。她觉得我的自我认知能力太低了，而且意志力太弱了，这样不能应付将来的一切。我也承认这些，以后得努力加强这方面的能力。我现在想这些问题，但发现我的脑是空白一片，什么也连接不起来，我感到害怕极了。

2001 年 4 月 19 日

为什么我总觉得你对我太好了,我亏欠了你很多,尤其最近几个星期。因为我的病,为你添了许多麻烦,虽然你说我们已经成为一体了,但我仍然是心有不安。

2001 年 4 月 20 日　晨 6 时

刚刚梦醒,不能入眠,披衣到书房写几句。

你在梦中显得更楚楚动人,口里不停地说:"我好冰,我好冰"——广东话听起来更像是你常说的那句话:"我好惊,我好惊!"

从 3 月中到现在,整整一个月了,你的病不见起色,你惊的是什么? 这一个月,除了流泪之外,我也在拼命学习,读了几本关于抑郁症的书。你问我读了有什么用,反正也救不了你,只有你自己知道身受的是什么罪。朋友寄来《联合报》副刊上的一篇文章,一个作家写他自己的抑郁症,我读来惊心动魄,你却说和你的病情不同,也许他病发时像野狼一样在地上打滚,但他对自己并没有你那么"惊"。

为什么惊? 广东话"惊"的意义就是恐惧———种莫名的恐惧,你"惊"你得了肝炎,无药可治,"点办呢"? 怎么办呢? 又惊你一身多病,我也老了,你不能照顾我,我说夫妻同甘共苦,为什么我不能伺候你? 至少,你终于把自我解脱的念头消除了,因为舍不得离开我,而且以前也试过了,不成功。我说如果你正常地病故我也许还可以认命,如果突然死了,我会发病。今晨的梦中你说的话好像是从阴间来的,害得我顿时惊醒,再也不能入眠,你惊,难道我不惊? 前两天带你去看眼科医生，因为你一直抱怨眼痛，我事先惊了好几天，怕要动手术，你怎么受得了？好在医生说眼膜上长了一片小膜，无伤视力，不必动手术，我才放了心。但是你在检查的时候，好像又不太惊，也许，你身体上可以看得见的地方——包括腿、颈、眼睛——你不会惊，但看不见的内脏——你的内心深处——才是使你最惊的地方。

那么，身体的"内心"当然和心理有关。于是，这一个月来，我又权充心理医生，作了无数次的"倾偈"，谈你的童年，外祖母对你严厉的体罚，谈你上一次的婚姻，你如何在漫长的岁月中逐渐失去了自信和自我。我几乎每天、每时、每刻都在问你：感觉怎样？有没有稍稍好一点？或是更坏？我时时刻刻都在"听"（monitor）你的心，但你的回答都是一样的：没有什么不同，都是一样的受苦。于是我又自我解释说：这是上帝赐给我们的考验，快乐是需要代价的，我们必须付出，但又觉得上帝对你太不公平了，为什么像你这样纯洁到无我之境的人还要受这么多罪？为什么我不可以分担一点罪受？也许，我多年来一帆风顺，太幸运了，现在理应受一点点罪，那么，就让我受吧。漫漫长夜，了无尽期，我们还在漫长的隧道中，看不见洞口那边的光明，但我知道隧道再长终有尽头，你一定会好的。什么时候好？几个礼拜？几个月？半年？一年？你每次病发后都要一年以上，我必须有心理准备，和魔鬼斗争要用韧劲，长期奋斗，不屈不挠。然而我又那么容易泄气，每次和你谈有关身体的问题，都不得要领，我气得拼命打自己耳光，我失败了，我错了，我帮不上忙，我完了……害得你反而更惊了，又来安慰我："老公，看你这个样子，我怎么办？我惊，我惊……"

没有办法还是要想办法。学校的心理诊所已经去过不少次，两个女医生——一个用药，一个做心理治疗——都不错，但对你似乎没有任何帮助,你还是痛苦得有时候受不了,每天非但愁眉苦脸,而且对于生活中的一切没有任何兴趣,"行尸走肉般地过日子,这日子一天一天的又怎么过?"你一遍一遍地问我,我没有答案,只能说:每一天的生活习惯,即使再微细,即使再不断重复,都有意义,都不同。我每天下午带你散步,你了无生机,但还是勉强跟我走,我知道你脑中的魔鬼并没有放松,紧紧地拉着你,好像在和你作拉锯战。晚上,你坐在我旁边,不时望着我,一脸忧郁的样子,我看了都忍不住泪水。有时候我也想逃避,故意打开电视看老电影,但看了一两个小时又觉得冷落了你,你还是默默地在独自承受着痛苦,"你看吧,不要管我!"闭上眼睛,魔鬼又来了,我更感到罪孽深重。

这心灵上的坎坷,远远超过一切肉体上的痛苦,然而文字又如何表达得出来?我的文字越来越差了。

2001 年 5 月 11 日

昨晚她的说话声音很"冲",是我第一次听到,像是烦得受不了。什么时候好返?遥遥无期。

近几周,每天几乎一样,上上下下:上午好一点,下午的情绪逐渐低落,到了四五点钟最差,昨天甚至持续到晚上。吃一种新的特效药已整整四个礼拜了——还不算前两个礼拜的少量试服——但似乎还不见效果,这是她在香港的医生开的药方,说是最有效,然而,到底是否有效?前几天,她似乎开始有点"动静"了,开始看点流行小说,但仍说没有意思,偶而煮一顿好饭(譬如前天晚上做的她拿手的红烧鱼),但大多时间是我下厨。做出来的每样菜的味道都千篇一律,因为我只知道用那几样调味料。

调味——每天生活如此单调,如何有趣味?但大多时间我还是高兴和她在一起,即使最简单的日常生活(坐在一起吃饭,同在镜旁刷牙,上床时的偎倚),但有时候实在闷得发慌。她的"闷"是有代价的,很辛苦,脑中杂念丛生,大多是坏的念头,还包括死亡。前两天每天清晨她做一个类似的恶梦,梦见自己跳入深渊,得到安乐;又梦见自己跳入大海,尖叫了一声,我听到了大吃一惊,把她叫醒,她又说在梦中有一个中年男人劝她不要跳海,她不听,我说那个男人就是我。

千百次的倾谈、分析、哭泣,又有什么用?我为了她屡屡生气,但生完了气,她仍未见好,想得到的效果仍归于零!也许我太过"知识分子"了,对什么都渴望知识,对什么都一而再、再而三地分析。"你不是我,你不知道我心里想的是什么",她昨晚说,"但是我自己也不见得知道"。

抑郁症究系心理病还是生理病?我看了五六本书,都说两者皆是,吃药之外还要加上心理治疗,我都照办,每周都带她去看两个女医生,一个管药,一个管谈,似乎搭配得很好,但最近这一两个礼拜她开始对"谈话"治疗生厌了,讲来讲去,都是童年、母亲、压抑、自我痛苦、对身边的快乐感到有罪……似是而非。但我还是相信的,特别是她自认从小到现在,从来不知道快乐是何物,抑郁了四十年,怎么不会得病?我们还根据一本著作 Cognition Therapy,才发现多年来她都有轻微的抑郁症。

我每天为她用英文记日记,以备医生诊病时用,也为她的病情和心情起伏作一个纪录,每天写几行,每天用各种符号打分数,但算来算去,都未见起色,也许近来稍有起色,但是否因为我太急切? 快两个月了,应该有点起色才对,否则日子怎么过? 我把抑郁症的经历分成三个阶段:第一阶段是痛不欲生,她已经度过了;第二个阶段是百无聊赖但仍辛苦;第三个阶段才是渐渐有起色后逐渐复元。现在还是第二阶段,也许还要再等一两个月才能进入第三期?

天气渐热,上周竟然有两三天达到华氏九十多度,夏天到了,然而对春天却不知不觉,只感到艾略特在《荒原》中的那句名言:"April is the cruelist month"(4 月是最残酷的月份)真是所言不虚! 我每年都是4 月最忙——忙于课业和开会,今年却把一切公务减到最少,谢绝了一切学术会议和社交应酬,除了上课之外每天都待在家里,还有几个好心朋友帮忙,特别是王晓明夫妇,我请他们来美国访问一年,没有好好照顾他们,却反而受他们照顾。人情温暖,到此才看得清清楚楚。

反正无所谓,我们两人相依为命,有足够的勇气和毅力活下去,泪已干,情仍未尽,甚至还绵绵不绝地涌来。心情的波折自在料中,只是漫漫长夜,何日才有转机?

2001 年 5 月 17 日

昨夜我做了一个梦,梦中我在写文章描述第一个星期的痛苦经历:那天,我刚发病,老公为了分散我的注意力,我们在寒风凛冽的街道上疾行,他边行边说着他历来的恋爱史。我一边听着一边想着自己的问题。其中的焦虑多不胜数,也有很多对死亡的想法,脑海中乱七八糟,令我痛苦万分。回到家中,忍不住大声哭泣,他见着我哭也不知所措地哭作一团。那时的感觉是痛不欲生,很想求死,但又舍不得

病愈后去泰国旅行

他，真的是求生不得，欲死不能。没有比那时更痛苦了，对他我有一份深切的内疚感，要他跟我经历这种痛苦的时刻，对自己则很同情，为什么我要接连受这种苦难呢？过去的两三个星期，都是在痛苦而忙乱中度过，他和我都感到疲累不堪。每隔一两天就往哈佛诊所跑。最后终于固定了心理及药物治疗，他每天花上好几小时的时间跟我聊天，分析过去及现在的心理，但好像都是徒劳无功，后来他变得沉默了，但我们的感情却因为这段波折而变得越深刻了。他的情绪随着我而起落，短短的几个星期下来，他瘦了，人也不像以前开心了。

日子越来越难过，为的是我没有劲做任何事。每天近中午才起床，下午至晚上睡前，除了偶然到外面散步外，我没有心情看书、看电影或干些什么，就是呆呆地坐在家中。可以想象日子是如何痛苦的度过。

2001 年 6 月 10 日

今晨又是 6 时许醒来，上厕所回床就不能再睡。也许前几天睡得太多了——受了老婆的感染，她每天都是快到中午才起床，因为没有心机，这是一般患抑郁症人的通病。

翻看上次写的日记，刚好是一个月前，距 4 月 10 日正式服足量特效药也刚好两个月，算是巧合。但今天突然想提笔写几句的真正原因是什么？为我们的心情作点纪录？每月记一次，什么时候——7 月？8 月？9 月？——才会写出：今天她正式康复了！！

玉莹的病现在仍是在第二期；第一期苦难的阶段已过，心中的恶魔似乎已渐消失，大风暴已渐平静，但继之而来的是一种闷，像是一潭死水,沉滞不动,说好不好,说坏不坏,就是每天觉得烦——不是烦躁,而是 Tedium,冗长的日子过得有点不耐烦了。我们每天的生活几乎成了 Routine：中午起床（有时我早起吃早餐、看报,等她起床——然后一齐吃午饭）。下午三四点去健身房运动一个小时（已经快一个月了,只有一天没有去,如此持之有恒,完全靠玉莹的毅力,锲而不舍,希望靠运动可以早点康复）,然后回来做晚餐,晚上看一场电影,或看点闲书,十一点半就上床睡觉。

两个多月来,我几乎无心工作,更无心学术,整天陪着她,与外在的世界几乎完全隔绝。除了一两位好友,几乎不与任何人来往。她原先的好客性情也早已消声匿迹了。

我最感觉痛苦的是：好久没有看到她脸上甜蜜的笑容了！她对我依然温馨,依然照顾,但我知道她自己还是被系在一个内心的茧囊里,千丝万缕的心理因素仍然把她扣得很紧,外在的活动是靠毅力逼迫出来的,我佩服她,也为她难过。我们每天相依为命,像两颗半枯的树,等待一雨再成青,感情的支撑还不够,需要医药和心理治疗,和漫漫长夜的等待。

何日才能重见光明?

她心情上的一点一滴,稍微有点好的迹象,我都记在英文日记里。前两个礼拜,她承认的确好了一点,但这个星期又觉得心情不太好了,也许药力必须再过一段时间才会有效? 也许我想不出使她更主动、更有心机做的事? 也许这种"沉闷"是患抑郁症的人必经的阶段?

我们对于"过日子"这句俗话终于有了更深一层的体会。

2001 年 6 月 10 日　给前夫的一封信

谢谢你两个多月来的支持问候,早应给你回应。但一直情绪欠佳,提不起劲做任何事。从病发到现在大概有九个星期,联络了康医生,他以前给我开的处方,这儿的医生依样画葫芦。我的病情从上星期始,已有进展,情绪开始稳定下来,虽然要做事的劲力仍然很弱。我们上星期加入了一个锻炼俱乐部,每天到那儿跑步,感觉不错,最恶劣的时期已过,希望多一两个月就可以稳步上扬。

2001 年 6 月 16 日

今天中午做了一个广东炒饭,老公赞口不绝,我忽然记起以前我的前夫也很喜欢吃我炒的饭。那时,他在芝加哥大学当研究生,我每天早上都为他预备一个便当拿到学校作午餐,今天为老公做这炒饭,其中作料简单得多了。但他仍然赞不绝口,可见他是个很易满足的人,当然也是因为我的病有了起色之故。

2001 年 6 月 17 日

偶尔又看到她甜蜜的笑容:眼睛眯成一条线,嘴翘着,一副顽皮的样子。整整三个月了,从她病发的那一天开始,她一直是带着愁容——或者应该说是滞呆的愁容,对任何事情都没有兴趣。

我每天为她用英文记日记,并且要她每天为自己的心情打分数:从 0 到 4——从最坏到最好。昨天已经高到 2.7,离开转好的分水岭（3.0）只差 0.3 分了!漫漫长夜,终于见到一点曙光,这是一句俗套话,但也恰能反映我的心情。这几个礼拜,她每天上上下下,即使有稍微的心情波动,我都感受得到。当然外在的行为更容易看得见,譬如她前晚在我嚷着肚饿找不到食物的时候(这个行为本身已经表示我们开始恢复生活的常态:我每晚都吵肚饿,闹着要吃宵夜,像个贪得无厌的小孩子),她突然说:"老公,我为你做一碗酸辣汤,但只此一次,吃多了对你身体不好!"我听后真是高兴得手舞足蹈,几乎大吵大嚷起来,又再三对着她用18世纪欧洲宫庭式的礼节抛手鞠躬致谢。

我吃得口沫四溢,一会儿睁眼一会儿闭眼,享受每一汤匙带入口中的极乐感觉——只有法文 Juissance 这个字才能表达。她坐在旁边,默默含情地看着我吃。就在那一刻,我知道我的玉莹又回到我的身边了,虽然三个月来,我几乎没有一天离开过她。有时候她又会默默低头沉思,我就忍不住问:"念乜嘢?"(想什么?)其实我猜得出来,她有时会想:如果再复发,怎么办?这次经验已经够受了,下次还受得了吗?对于这个问题,我一直在回避,想到了就即刻打住,不再多想。前天同她一齐去看一个新的心理医生——一个美裔韩国人——倒得到一点启示,她说,有了经验和知识以后,应该感到有更多的力量应付将来,这是一种力量(Enpowerment),不是灾难。只要以后处处小心吃药,知行合一,还有面对不了的问题?而最重要的是:这三个月的经验,使我们更爱彼此,真是融为一心一体了,两个人的精力和意愿加在一起,还怕什么?

我发现老婆其实比我更有毅力,我们每天下午去健身房运动,她在跑步机上走的或跑的时间一定比我长,没有她陪着我才不会去运动,而运动对我这个糖尿病患者可能更有用。

我也发现，三个月来，我更需要她——甚至多过她需要我；我更需要和她长相厮守，甚至早上一个人先起床吃早餐看报不到一两个小时，就挂念着她，于是又会回到她床边躺下来。她至今还没有心情早起，但不要紧，只要起身后再让我看到她的甜甜的笑容就够了。

2001 年 7 月 5 日

昨晚有几个学生和朋友来吃饺子，吃完又看电视：美国国庆日，在查理士河畔的露天演奏厅，著名的"波士顿通俗乐团"（Boston Pops）正在演奏国庆特别节目，人山人海，总有四五万人参加，音乐会完后放烟火，大家都喜气洋洋。

我一边看一边心里藏着隐忧，坐在身旁的妻默默无言，可能也在想同一个问题：这么久了，怎么还没有好？甚至还比前两周转坏了一点。近日两人都开始烦躁起来，这是我们婚姻生活中从未有过的经验。怎么生活那么闷？！而且闷得发慌，每天的生活如出一辙，乏善可陈：晚起、三餐、吃药，晚上不到十二点就上床睡觉；除此之外，只有一件值得做的事——开车到一家健身房去运动一小时。然而吃了晚饭之后，又是沉闷，老电影看多了她也失去了兴趣，于是就看起小说来。近月来她每天看小说，一本本看，把我所藏的当代中文小说至少看了一大半，问她喜不喜欢，得到的回答老是三个字："马马得"——马马虎虎，好像没有什么意思，打发时间而已。以前我忙忙碌碌，每天时间不够用，现在却又觉得时间过多！我的情绪似乎也开始起落不定，一天好一天坏，但令我吃惊的是：两个多月来我竟然无心读任何文学方面的书，与她恰恰相反，我每天晚上只能看电视，电台换来换去，也在打发时间麻痹自己。

有时候我们会长谈，但大多是我的独白。她问我："怎么还不好返？"于是我引经据典（近来只看有关抑郁症的书），大发议论，讲了一两个小时，讲完了看她无动于衷的样子，觉得自己白费功夫，自讨没趣，那一套套理论根本是胡说八道。不好返就是不好返，什么解释都没有用。

我们的生活，像一部没法结尾的小说，原来好好的：有开始、有转折，但过了高潮以后，却越拖越长，闷得不能收尾。写这些日记的时候，心中本想为我们的这本小书的最后一章做个好结尾：我们有快乐也有困难，但终能克服一切，幸福地生活下去。然而克服的时间太长了，每天都在克服大大小小的困难，她身体上的些微不适——腰酸、肚痛、大便干结——都变成了大事，令她吃惊。现在她还是生活在压抑的恐惧之中，上周在验血检查中发现胆固醇稍高，但不要紧，更会使她惊的是肝病，还有乳癌，还有……似乎她身上藏着各种宿疾，都潜伏在下意识之间，伺机待发。

书上说：有抑郁症的人往往都有 Anxiety，焦虑不安，"惊"得在常人眼中非常过分。但自己的身体只有自己能感觉得到，心绪更是如此，别人还是隔了一层，感觉不到，这就是她的"理论"，所以她感到孤独，因为自己的生命只有自己知道，别人无法共有。那么，婚姻誓言中的"同甘共苦"又有什么意义？

我自己的挫折感就源自于此，想帮忙也帮不上忙，甚至产生反效果，所以最近言行反而谨慎起来，有时故意沉默，她看她的书，我看我的电视。昨晚客人走后，她悄悄上楼看书去了，我还在楼下看电视，看来看去,在拖时间……突然想到这种感觉很熟悉,我的上次婚姻生活不就是如此吗?两人交流得越来越少,相敬如宾得越来越客气……于是我匆匆关上电视,走上楼梯,卧室中她正睡在床上看小说,我也不想说话,默默地躺在床上拿起刚买来的大书——The Moonda Witch : An Atlas of Depression(Andrew Solomon 著)——看了起来,刚好读到"自杀"那章,作者的母亲是自杀去世的,而且是家人在旁伺候着她死,因为她的子宫癌已经到了无药可救的地步。她平安死后不久,作者本人就患上抑郁症,而且后来又复发三次,但他还是意志坚强,鼓勇写完这本五六百页的书。

玉莹的病,是否还会复发?她如果先我而死,我怎么办?我有没有勇气活下去?也许我不敢——也没种——结束自己的生命,那么只有行尸走肉地活着,生命还有什么意义?这一连串的"恶"感,在脑中出现的也不知有多少次了,当她最严重的时候,我们曾为此而双双忍不住痛哭流涕,现在反而欲哭无泪了。没法哭只好睡觉,于是我悄悄熄了灯,倒头睡去,也没有问她感觉如何,是否想睡,好像心中有股怨气,但又不像是生气,而是一种幽怨和忧郁——我自己的抑郁症,当然目前还没有什么征象,只是想睡,而且竟然不到几分钟就睡熟了。

夜里做了无数个梦,只记得一两个,梦中和安霞(前妻的女儿)在一起,她一直视我为父,一直说爱我,在梦中更是如此。醒后匆匆起身,一边吃早餐一边思索:也许自己在这个年纪最需要的只有一样——一个女人的爱,如果玉莹不爱我怎么办?如果她说生命没有意义,那么我们的爱情又有何意义?但是我知道她还是爱我的,就像安霞一样,都是一种无条件的爱。我是有福的,爱的先决条件就是无条件,而且还要倒空一切,如果我的生命唯一的意义是爱,我应该更倒空一切地去爱她——何况她的病还没有复原。

　　想着想着，心情逐渐平静了下来。这次经历，我真是学到了不少，也从不断的反省中发现自己不少的缺点，缺点之一就是自以为是，自以为脑力高人一等，对人生一切都看得很透彻，其实不然，在人生和情感的道路上，我还是初学者。

附：　　　　　　　　　　**休戚与共**

邓文正

　　多年前的事了,那时玉莹的居所距车站不远,去探望她也还方便。她第一次病发的时候,事前毫无迹象,我只以为是一般人所谓的心情郁结,多散心就没事了。其实并不这样。抑郁症是种精神科的病,要服药,却不是什么"神经病"。病发时情绪不受控制——病人除了情绪极度低落以外还会有自毁倾向,旁人却不容易看出来。

　　有一次,是 1992 年初吧,我们在旧历年岁晚去逛年宵花市。她从头到尾不说一句话,木无表情,也不是故意的,是控制不了。她也尝试过几次轻生,用了不同方式,幸而没有成功。当时她也没有特别强烈的感觉,只是觉得活着很苦,人那么消沉,不如死了算了。说皇天有眼吧,她命不该绝,否则世上少了个好人。当时很多朋友关心她,也有去探望她的,但帮不了忙。不过有朋友在身旁,总好一点。有一段日子,她妈妈住在她家照料,只是母女两人处得不好,做妈妈的多饶舌,结果弄巧反拙。

　　当时没有经验,自己帮不了多少。每次去看她,不是哭就是不作声,什么事都不要做。可以躺在床上三天三夜不动,除了如厕和胡乱进食,就坐在那里。我很彷徨,也不懂得怎样做。每星期去看她,仍起不了大作用。大家都很软弱,只是有一回强迫她拿着十字架起誓,以后不许再寻短。她哭着勉强答应了。想不到这对日后倒有点好处。还有就是半拉半哄的要她定时看医生。

两个关心玉莹的男人

　　玉莹的病,说来奇怪,睡着了没事,醒时也可以,最糟是半睡不醒的状态。胸口有很强的压抑感,不停想到死亡,好像有种力量把她拉向死亡,但自己又害怕,要不断悬崖勒马。她不停说,那恐惧,那难以形容的感觉,旁人是不可能体会的。这些主要是病发较初期的征状,服药一段日子药力开始生效,人就较稳定下来,吓人的病症也渐渐减弱。

　　倒不是说那就痊愈了。好比人往下沉了十公尺,药力把你悬在那儿,你不再下沉,但往后的日子是"平线"的,直到再次回升。何日上升?天晓得。这是漫长的耐力战,考验着她的、我的意志。她倒坚强,没让自己倒下去,每天上班如常,同事都看不出来,不知她带病在身。这种撑的功夫,很难得。换了我,可不敢想象。

　　拖了很久,也搬过家。后来她住在北区,离市区较远,往返需时。幸好跟我的居所距离不太远,加上我在大学上班,去看她也算方便。她的住所颇别致,风景甚美。那时她处在"平线"期,我每星期起码去看她一两次,星期天必去,很多时候星期三也去,一起吃一顿饭。星期天会到外面走走,喝喝茶。晚上聊得太晚时,她的客厅就成了我的临时卧房。如是者又熬过了好长的日子。早上一起上班,走往公车站时,一定途经麦当劳的,通常都会在那儿用早点。看见她有胃口,隐约觉得回升有望了。

　　然后有一天早上,她告我有"顿悟"感,说好像事情"通"了什么的。我固然不明所以,但也替她高兴。果然过不了两天,她复元了。从病发到复元,很长的一段路。期间她也有位临床心理学家相协助。他人很不错,也愿谈,但谈话却不见得对莹的病有多大帮助。

　　其后又一次两次的搬家,最后定居的地方,跟我的住所只有一箭之遥,走路过去很近,碰面的时间也就多了。每回想起、谈起一起熬过的日子,也感到难过。老想问医生究竟,却不得要领。只知道是她的脑垂腺分泌失衡,引起一连串病症,包括上面提到的,还有不知冷暖、不知饱饿等。至于服药(有抗抑郁素、镇静剂、安眠药等),能使分泌平衡,但有副作用。什么因素引起失衡,医学上没有定论,也不一定是人突然受到很大的打击才产生的,这些我都记着。

是 1997 年的夏天吧,8 月初时分,有一天一起晚膳,当时并没有特别事情教她不快,反而是她刚意外成就了一宗生意,按理说应高兴的,但玉莹却感到不适,似乎上回的初期征状又回来了。不幸果然这样。月中前再次回到医生的诊所。医生很有爱心,但也摸不着头脑,也不知为什么会复发。既然来了,就得面对。这回有了经验,我懂得怎样沉着应战。

一开始就不停地提醒她定时服药。药力要几个星期才发挥效用,这段时间最难挨。她仍有恐惧感,要不断鼓励,给她打气。有的时候她的手足会失控颤抖,我要替她拉,或像捶骨般轻打。她哭时,要逗她说话,不能让她独个儿待在家中太久。那时她父母住得不远,就常伴她回父母家吃晚饭。

9 月中以后,病况稳定下来,恐惧仍有,稍轻就是了。因为知道她处在平线期,停在那里不上不下,人还是死气沉沉的,不爱动,也不愿吃东西。这样对健康很不好。所以本来每周末共膳的,偶尔也看一场电影。我改了常规,每隔一天就到她家晚膳,拉她到外头走动走动,纵使在家附近逛也得走走。就是在家中看电视节目,也得一起看,一起谈,不让她的情绪跌下去,这对她有裨益。

　　说实话，我也忧心如焚，但得撑着，否则更不能支持玉莹了。后来我更从隔一天改为每天，那样，她再不爱动，不愿烧饭，也要勉为其难。况且，她是个营养大师，不下厨则已，一下厨就一定会弄一顿营养均衡的膳食。我每天和她共膳，就逼着她每天都得好好进食，照顾自己的身体。到了 11 月中，情况好像有起色。

　　那是言之过早了。抑郁症到了平线期，并不就是一字前行的，而是在线的上下有起伏，不过起伏幅度不太大，不像病发初期般波动而已。所以到了 12 月中有一天晚上，我们在外吃晚饭，她一言不发，跟 11 月时较好情绪很不一样。可见起伏是有的，可无法预知何时起、何时伏。我能做到的，是尽量不让"伏"的阶段继续下去，一定得想办法要她重新"起"来。却是失败者多，成功者少。但我明白，绝不能气馁，不断挣扎下去才有出路，才能早日回升。

　　这一回，在平线上也徘徊良久。进入了 1998 年的后半年，情况才渐见好转，但也要再经多个月后才逐步上扬，然后康复。一年多的时间，玉莹说，像一个世纪。每天起来她总问自己：我能否康复？哪一天才康复？"战斗"，就一天一天持续下去。而我，就这样，差不多是每天看护着她，扶持鼓励，不停地告诉她一定会复元的，最黑暗的日子都过去了，不能放弃。直到她全面停止服药。

　　21 世纪第一年年初，玉莹和欧梵返波士顿。3 月初，告我病又复发。这一回，异地相隔，我无法在旁照料。欧梵没有经验，挫折难免，时觉沮丧，当然是正常反应。他付出的，我想一定比我更多。自己远隔重洋，无能为力。不过近世科技也带来很多便利。我每三两天就送上传真便笺到他们家中，给莹打打气。他们邻近也有好些友人很热心，经常探访,陪她聊天解闷,又恒常有运动,给加速复元多点助力。固然,服药是少不了的。又因为换了医生,药方与前不同,所以过程起伏稍有差异。苦了欧梵就是了。

还好,他们8月中到香港时,我们一道赴台几天。那时仍有起伏,但谈兴、胃口已恢复。跟着碰上某些高人,不出几天病霍然而愈。医生吩咐的药仍得服用,但量已减。整个人的情绪、生活的劲,都回来了。更好的是她经历了几次抑郁症,却换来了一个更充实、更具生命力、更有朝气的人生观。她有信心"病"不会再复发了。

我却这么想,不管怎样,病怪再也敌不过这位神奇女侠。绰号倒是名副其实的。玉莹的斗志,她的坚强韧力,永不言败的意志,确属神奇,祝福她。

后
记

一起看海的日子

　　我和玉莹于 8 月 15 日从波士顿乘机返港。先在台北停留几天，经朋友介绍，去看一位身有异禀的气功老师，他见了我们，第一句话就说：不要戒口，吃吧！也许他看到我骨瘦如柴，而妻也是面黄肌瘦，毫无光彩，所以要我们进补，然后他再为我们调理。从中医的立场看来，抑郁症全因气血失调所致，要补肝、肾、脾脏，气血通了以后，抑郁症会自然而愈。我半信半疑，后来又去看了两三次，当然更高兴照他的指示多吃多补。半年来玉莹可能控制我的饮食太严，而她自己当然更无胃口，一日三餐完全是为了"应景"。然而我发现她也开始想吃了。

　　返回香港，先住老友刘再复家，承他好心介绍我们去看一位针灸名医，他说对治愈玉莹的病极有把握，我现在也开始相信中医了。六个月来，经过美国最高学府的西医诊疗，却未见成效，我最后也不耐烦起来，屡屡向医生提出挑战性的问题，而且对她施药过重也不以为然。最后我问她：我们原想在玉莹病好后再返香港，但目前等不及了，想即时回去，行吗？不料她马上赞成，而且还指出：西方心理学界也愈来愈重视病人的文化环境问题。作为一个人文学者，我对抑郁症却坚信是身体问题，与心理无大关系；况且每个人的脑的结构都差不多，所以我以为只要用的药对就可以解决。从 6 月开始，玉莹的病虽稍有起色，但迟迟未见药物的功效，因此我开始怀疑医生选择的特效药错了，但再重新更换已经太迟，进退两难，时常对自己大发脾气，整个暑假我的心情都不好。而刚好波士顿灼热，家里未装冷气，热得更烦，看来我的心理也开始不正常了。

不得已而匆匆整装飞回太平洋的彼岸。一抵香港，我就有种宾至如归的感觉，顿觉身心舒畅，玉莹好像也开始"蠢蠢欲动"起来。记得刚回来不到两天，就带她到附近的"又一城"商场闲逛，她半年来第一次心血来潮，购买一件衣服，我大喜过望，虽然价钱颇贵，也高高兴兴地拿出钱来。也许是我的心理作祟，返港后我发觉自己精神大振，写作的灵感如潮涌，更下笔如飞，不费吹灰之力就写就几篇文章，令再复兄大为惊奇。而玉莹似乎受到这个熟悉的环境感染，虽然终日恋栈床第的时候仍很多，但也开始打电话，和朋友联络。但对她的父母，她起初还是不"表态"，也不立即通知他们已经回来了，我不禁隐隐担忧：她和她母亲的"心结"——也可能是此次抑郁症复发的可能原因之一——是否可以即时解得开？过去几个月来，她母亲每个周末必打长途电话问候，但玉莹从来爱理不理，而且通话后心情必定转坏！

9 月初我们搬到沙湾径港大宿舍，海景辽阔，一望无遗，我们的精神又为之一爽。记得迁入后的第一个周末，玉莹突然打电话约父母亲和刚从美国回来不久的哥哥吃中饭，全家大团圆，连我都兴奋起来，倒不是我特重亲情，而是我知道玉莹第一次主动地面对她的双亲——她想通了，即使童年的阴影仍在，亲情更可贵！一念之差，如今豁然贯通。

就是那一天，玉莹的抑郁症完全好了。她事后说这也是一种缘分，原来那一天她早已约好去见一位信奉佛教的女医师，在电话中就觉得投缘，那天吃完中饭，她带着全家去看这位中医，一见如故，似乎冥冥中受到菩萨的保佑和指引！

这一段经验，形诸文字，就变成了我们合写的"一起看海的日子"。

一起看海的日子

悄悄地，我们又回到香港——我们的第二故乡。此次是在港大客做一年，住在港大的教职员宿舍。从高楼阳台上眺望西天下的海景，大小货船穿梭如织，午夜梦回时，听到呜呜的汽笛声，迟缓悠长而有节奏，像是发自一个巨人的男低音歌声。我悄悄如厕，怕惊动枕边的老婆，但还是吵醒了她，一声"老公，你醒啦！"令我神魂荡漾。曾几何时，在太平洋彼岸的美国，她每天和抑郁症的恶魔挣扎，直到夜晚才稍得安宁，吃足了安眠药才上床。我午夜梦回如厕后却往往失眠，听着枕边妻的微弱鼻息像是奄奄一息，我忍不住流下泪来，想着她明天又要和恶魔作持久战了。即使她第二天醒了也装睡，脑海中的黑暗势力犹如千斤重担，压得她喘不过气来，我于心何忍，眼睁睁地看着她张眼受罪，却爱莫能助。清晨阳光穿透窗帘，照在我脸上，像几把白色的利刃，一齐插进我心里……"老婆，你醒了吗？你好吗？"她只嗯了一声，转过头又睡了——是真是假，我不知道，也不想知道，只好悄悄起床，下楼煮早餐，看报纸，尽可能地不想床上受尽煎熬的妻，否则一大清早我又会以泪洗面。

　　窗外,出奇地宁静,但这漫长的一天又怎么过?我俩和外界几乎隔绝,每天朝夕相对。她接近中午才起床(因为起床后只剩下半天的时间,比较容易打发),下楼就坐在客厅的红沙发上,任由阳光照着她惨白的脸,双眼无神,呆呆地坐在那里,一言不发。我心里更焦急,这半天的时光又如何打发?

　　室外的小花园早已杂草丛生,我无心整理,室内的气温逐渐上升,到了傍晚时分,炎热得令人不能忍受,波士顿今年的夏天特别热,热得令人窒息。"老婆,我们出去走走,散散步好吗?"我没有问已经知道答案:"不去!No!"幸亏我们家距离海滨甚远,否则她早已恨不得跳进大西洋的浪涛中去了,她做过几次类似的梦,梦中她都在重复同一个动作:从峭壁上一跃而下,跳进海里,但在跳下来的一刹那,每次都听到一个声音:"不要跳!"她说那个声音是我。

　　我们室外的大海却出奇地宁静。清晨六时半醒来,妻早已在厨房打点了,我匆匆起床,叫一声老婆,她的回应永远是那么轻盈愉悦:"老公!你睡得好吗?"我看到她满脸的笑容,艳光照人!真没想到我们还会有这一天,还会这么快乐,而且活得比以前任何时刻更舒畅、更惬意。经历几近半年的恶魔缠身以后,我们一返回香港,妻的抑郁症竟然也立刻痊愈了——像昨夜海上的浓雾,在清晨六时日出前,早已消失得无影无踪。我还记得昨夜浓雾中的货船汽笛像是一首安眠曲,又像一个神话中慈祥老人的呼唤(声音竟然还带点京腔):神佑你们,好好地过日子吧!

　　是的,我们在香港会好好地过日子——一起看海的日子。

　　我痴痴地眺望着海面,大大小小的船儿在移动,似乎把我这几个

一起看海的日子

与余英时先生在台北

月的愁苦都载走了。

返港一个月以来,竟养成了早睡早起的习惯。早上不到六点即起来,就开始在厨房张罗早点,也顺便替老公预备午饭便当,等到老公六时半醒来,便一起上露台锻炼身体大半个小时,开始了健康而愉快的一天。

抚今思昔,恍如隔世。

我现在每天早上问老公的第一句话就是:"你睡得好吗?"而不是以前的"怎么办!我几时会好?"以前我是晚眠晚起,夜里睡不着,早上死赖在床上不起来,怕面对每一天。现在一起床就捉老公一起做甩手操,面对着天边浮云,双手前后摆动一千次。

甩手操可以治百病,却似乎没有提到可治抑郁症,中医说无谓抑郁,主要是气血不调,气困肝中而不通,导致抑郁。过去半年内,老公每周带我去看医生——两个女医生,一个管用药,一个管"倾偈",还要做各种心理上的"知性练习"(cognition therapy),总不见有起色,每天下午我百无聊赖,无心做任何事,即使是老公跪在地上,劝我出去运动,我都不肯,最后惹得他烦躁之至,有时暴跳如雷,而我只有像小孩子受委屈一样大哭。但是,哭完了以后,还是一个木头人一般,痴痴地坐在屋里,等待黑夜的降临。如此度过了黑暗惨淡的半年。

谁知返港之后,我像是得到菩萨的指引,无意中由友人带领到观音寺还愿,得到这一讲及健康的小册子,教我每天做甩手操。做时两臂伸直不宜弯,眼睛向前看,心中不存杂念,只默数数字,开始由二三百起,逐渐做到每次一千甚而二千次,需时约半点钟(或默念"南无阿弥陀佛"六字亦可心静）。

我心中有数，时而念南无南无，其实我知道自己的心结早已经被老公的爱解开了，此时心中充满了温暖和安适，也让菩萨进入我心，我一无所惧，以前的忧虑一扫而空，抑郁症也不药而愈，就在一念之差而已。

苦海无边，回头是岸，我远离了曾经浮沉四十多年的苦海，与老公携手登上快乐的彼岸。

缘分

我跟欧梵的结识早在1983年，那时我在芝加哥大学伴读——我当时的老公邓文正在念研究院。欧梵在那儿当教授，他来我家"搭伙"，一搭就是五年，缘分就在那时结下。1988年的秋天，邓文正学成归国，我嫁鸡随鸡，又回到香港来。过了几年，我们缘分尽了，分手了，但我们和欧梵的缘分仍未断绝，虽然有几年中断了联络，但到1994年，我们又联络上了。他是个正人君子，从来觉得朋友之妻不可欺，况且他也结了婚。虽然我跟文正早已分手，他却从不敢单独约会我，还不时劝我们复合。直至1999年夏天，他回港开会，那时他也离婚了。我们终于有机会单独见面，几次亲切的倾谈，终于擦出爱情火花，这就是所谓的千里姻缘一线牵。

今年的3月中至8月中，我患忧郁症，在康桥哈佛诊所看医生、服药，与心理医生倾谈，都不见效。回港后，经同事介绍认识了一位张医师，她是一位年轻的女中医，我们一见如故。我从见她的第一天起，把心里的苦恼都告诉她。服药几天，我的病霍然而愈，就因为我跟她有缘。她还引导我信了佛,这又是一种缘分。我的信佛,真是件奇妙的事。我在初中三年级时即受浸礼成为基督教徒。中学时期还算热心宗教,大学以后就信心不足,鲜有踏足教堂。1991年以后十年间,我抑郁症发作四次,这段日子里不断有人带我参佛,但我都置若罔闻,直至这次回港看中医,才忽然领悟到:人生无常,亲情可贵,珍惜眼前人,凡事用平常心对待,不要执着。这么一来,心里就轻松自在多了,从此不再在忧郁的苦海中浮沉。

我从小和父母缘薄。他们远走英伦,我从一岁至十七岁都是跟外祖母及哥哥相依为命。我以前怨妈妈不理我。现在我看开了,想来母女之缘只及今生而未必有来世,我何不好好善待父母终老?免得将来后悔。其实此生之能成为父母和子女也是前生修来的缘分,我们应该多加珍惜。

余英时先生赠我们一首诗,其中一句是"法善维摩今证果",他似乎早已有此慧眼,看见我跟欧梵都与佛有缘,说是欧梵"修成正果"才成就这段良缘,其实,这又何尝不是我的幸运,能得到这样一个如此疼爱我的丈夫。这就是佛家"缘定三生"之谓也。

余英时先生送给我们的贺诗头两句是"欧风美雨几经年,一笑拈花出梵天",开宗明义地点出了我的名字。余先生写此诗时,可能没有想到后一句"预言"的内涵,现在我却悟出来了——玉莹经信佛的女中医指引,抑郁症霍然而愈,这当然是医缘加佛缘,而我的名字中的"梵"字,何尝不是如此?非但注定了和玉莹结缡,而且也经由她听到梵音。现在每晚睡觉前她都打开医生送给她的小录音盒,"南无阿弥陀佛"的诵经咏唱一次又一次地传来,使我俩的心情宁静舒畅,不必吃安眠药就进入梦乡。我这才领悟到："一笑"拈到的这一朵花就是我妻，而迟早她将引导我出梵天，这岂不证实了我们的一种缘分？我早年曾出过一本书《西潮的彼岸》（也是我的第一本杂文集），当时却从来没有想到西潮的"彼岸"是什么？多年来在欧风美雨的冲击下，几经狂风巨浪之后，我终于回归平常，和我妻过一种平常的生活，凡事用平常心对待，遂感轻松自在多了。

现在，我们请来了一尊观音像，放在客厅的高台上。有了观音的保佑，玉莹和我在不知不觉中修炼出一片菩萨心肠。她看开了以后，非但觉得人生无常，亲情可贵，应珍惜眼前人，而且爱屋及乌，凡是朋友中身体不适的人，她都自愿带他们去看这位中医。有人因此而"得救"，她自然十分高兴；也有人去了几次就因事忙中途而退，她也不以为忤，说应随缘，不可勉强。我们非但觉得生活充实多了，而且和亲友间的关系更亲密无间。

昨晚参加一次宴会，我们和一对北京医学界的知名教授夫妇及一对得过诺贝尔奖的日本科学家夫妇同桌。玉莹一颗赤子之心，在这些名人面前大谈她自己悟到的减肥医术，竟然大受欢迎！她又重振当年在芝加哥"普度众生"的雄风，几乎每个周末都请不少"太空人"和单身汉来我家吃饭，我每每忆起当年在她家搭伙的福分，感激之余，当然更热情款待我们的朋友。令我们最得意的是：她的前夫邓文正也是这些来我们家"搭伙"的亲友之一。玉莹真是名副其实：她的玉洁冰清的真性情，莹莹然照亮了每一个人的心——当然包括她的老公在内。

情缘到处留花踪

　　就是那一天,我们一行十来人,由《星洲日报》的萧小姐领队,来到马来西亚雪兰峨州的郊外海边。沿着海旁的小店溜达,吃着土产炸龙虾片。到达海鲜酒家吃晚饭时,已经是彩霞满天、夕阳西下的时刻。海风徐徐吹来,散尽日间的暑气。饭后,沿着堤岸走,来到河边,趁着月明星稀,准备乘船观萤火虫去。大约十五分钟后,大伙儿坐上一艘木船。船儿缓缓而行。四周漆黑一片,只看见千千万万的点点萤光,挂在树木丛中,点缀成千百株火树银花,照亮了整条河堤。那些虫儿仿佛在喁喁细语,语声小得几乎听不见,我们看的人更连大气都不敢透。只有河水偶尔应和一下,发出咕噜几声。

　　我看着,听着,想着,忽发奇想。假如那时有条鳄鱼从河泽中一跃而起,然后我们都成为它的腹中物,那我们还能像《圣经》中的那位先知般坦然无惧吗?还能像他那般丝毫无损、施施然从鱼腹中踏步而出吗?抑或像电影《大白鲨》中的渔夫,一被吞噬,就尸骨无存呢?转念之间,汗水不禁涔涔而下。当时,除了船行拨水的声音外,就是自己的怦怦心跳声。抬头看看那千万萤光,照亮着船儿的去路,我的心才稍微安定下来。

　　顺手捉来一只小萤火虫,放在眉心上。闭上眼睛,心中念着南无阿弥陀佛,当下心清目明,享受着从未有过的宁静舒泰的感觉。三十分钟,一晃过去,船儿快靠岸了。我猛然想起,那一天正是12月11日,距离纽约世贸中心被炸刚好三个月,炎炎烈火吞噬了整整两幢大厦。彼时,此处的萤火虫是不是也同样地荧荧发光呢?

　　我们要离开的那天早晨,当地《星洲日报》的编辑先生得知我信

在槟城观音寺前

奉观音,特意带我们参观槟城最古老及最大的观音寺。我们举头仰望鹤山观音圣像,晴空无云,蔚蓝一色的天空,却不刺眼。观音手上的杨枝甘露瓶,瓶口向下,露水洒遍大地,泽惠苍生。当时,我感动地流下泪来。他是如此的伟大而慈悲,我们在他面前,更显得渺小。我和欧梵站在他的脚下,合十许愿。我祈求菩萨赐我和欧梵白头到老。他也在我身旁念念有词。事后,他才告诉我,我们的祈祷竟然不谋而合。

　　此次重游马来西亚,是应《星洲日报》萧依钊女士之邀,来参加世界华文文学研讨会和担任"花踪文学奖"评审的。开完会后到吉隆坡、马六甲和槟城小游。在吉隆坡近郊的雪兰峨,又看到了海,也在河边看了萤火虫;在槟城附近看到了山,以及山上那座硕大无比的观音像。此次游历,我们心旷神怡,和几位同去的友人有说有笑,并大快朵颐。

　　回想上一次来马来西亚,情况则大不相同。我在新加坡染上了重感冒,你来看我,不到两天就成了我的护士,全天候照顾我,从新加坡照顾到吉隆坡和槟城。那时我身心疲惫不堪,在吉隆坡勉强打起精神登台演讲,满身是汗,头昏脑胀,眼睛好像也失灵了,只见台下一片人海,迷迷蒙蒙。你和我多年没有联络的一对夫妇坐在第一排。我知道你生怕我昏倒在台上,所以坐立不安。那对夫妇则把你当作我的娇妻,嘘寒问暖,其实我们还在"初恋"阶段,约会不到几次,就从香港"约"到新加坡和马来西亚。你那个时候还是个"神秘人物",跟在我身边,一句话也不说,更不想上镜头,不料还是在访问大将书局时,被记者拍了一张集体照,你站在我们中间,次日的《星洲日报》把照片登了出来,我们的恋情才首度曝光。

情缘到处留花踪

上次在吉隆坡初见萧依钊女士,为她对中华文化的献身精神所感动,答应下次如蒙邀请。我们一定来参加"花踪文学奖"。这次重游,表面上是还愿,其实也是一次感情之旅。

"海水到处有华人,华人到处有花踪"。在"花踪文学奖"的闭幕典礼上,这两句标语,以斗大的字体在台前飘扬。我们坐在贵宾席上,为每一位年轻得奖者鼓掌祝贺。我也在祝贺自己:我也得到了一个平生最引以为荣的"花眷奖"。看你在照相机闪光灯下容光焕发,巧笑倩兮,无忧无虑地享受着这个亚热带华人世界的无比热情,我终于感到心安理得了,是观音菩萨在保佑我们。此情此景,使我禁不住把那两句标语略略修改了一下,变成了我们的证言:海水到处有情缘,情缘到处留花踪。

过年

外婆在我十七岁那年去世。从此我再也不喜欢过年,加上后来在美国度过了十多个不过中国年的年头,回港后,一个人度岁的日子多,渐渐遗忘了过年的习俗。直至今年的春节,我又重新有了一个家,又再记得在除夕的夜里,给老公及自己的枕头底下放下红封包作压岁钱。

小时候,过年是个大日子。我们家境不算丰裕,每年过年,爸妈会从英国多汇来一些钱。外婆早在腊月下旬就开始张罗,买年货做萝卜糕、年糕,还有豆沙油角子。她向来患有哮喘病,每到冬天,病发的时间多,很多个忙碌的过年日子里,她都是病兮兮地支撑着身子来预备食物,因为她很迷信,总觉得过去每年做的事情,都要按例做下去才吉利。

我和哥哥在这些日子里也特别兴奋,在旁帮忙掐角子,但得小心说话,因为外婆总讳不吉利的言语。好不容易等到糕点蒸好了,油角子炸得金黄耀目,虽然我们看得垂涎三尺,但还得耐着性子。待至大年初一才可大快朵颐。

新年买新衣也是件大事。外婆给我买的新衣都是一身的大红色,连绑辫子用的丝带也是红色,哥哥的新衣颜色选择比较多。儿时对于新鞋子有种特殊的喜爱,鞋子买了,不能立即穿上,等到年初一作"踩小人"用。这半个月的等候日子里,给我和哥哥带来了欣赏新鞋子的乐趣。每天晚上,吃饭和漱洗过后,兄妹二人就蜷在暖和的被窝里,各自拿出新鞋子来把玩一番,才带着满足的笑容进入梦乡。

好不容易待到除夕夜。吃过团圆饭,祖孙三人团坐在被窝里包红封包,预备给来拜年的小孩。在那个年代,红封包多用硬币,但外婆通常都给我和哥哥一包"软嘢"(纸币)作压岁钱。我们小心翼翼地把它放在枕头底下。直到过了正月十五日才可开启。这封压岁钱给我们幼小的心灵增加了一份心事,想着以后如何花费这笔小钱。

外婆平日对我们管教极严,每逢做错一些小事,都会挨一顿打,但在过年期间,她的脾气忒好,未过年初二通常不会打人骂人,哥哥和我每年总会利用这几天稍微淘气一番。

香港人过农历年的气氛十足,特别是过年前,大家赶着办年货,使我这个数十年都忘了过年的"异乡人"第一次感受到一点过年的温暖。

儿时在北方过年的记忆早已褪色,只剩下六七岁时随父母回父亲的老家河南太康过年的情景,还历历在目。也是过年前几天,就开始兴奋起来,祖父一向笑口常开,连一向不苟言笑的祖母也不时露出温馨的笑容。这还是他们第一次见孙儿、孙女。八年抗战刚结束,我们从河南南部的信阳北上,长途跋涉,先乘汽车,后乘牛车和手推的独轮车,只记得雪后的道路泥泞不堪,寸步难行,还有过黄河时的惊险——一条支流的水竟然在"天上"流,河床高高在上,两岸都是堆砌如山的防波堤,要先爬到堤上乘船到彼岸,然后再爬下来。这一趟旅行至多也不过两三百公里,竟然花了我们半个多月的时间。

好不容易到了家门口。在爷爷奶奶面前,父母亲——这一对典型的五四反传统知识分子——也变得温顺起来。父亲不再谈西洋文学和音乐,只问候老家的亲友。母亲是南方人,这还是第一次见李家的翁姑,她弹得一手好钢琴,也没有用场,被一大群姑嫂们包围着,大家一齐动手包饺子,愈包愈多,谈笑声也愈大。我和妹妹则每天随着叔叔伯伯们去野外玩,还记得那个会踩高跷的"叔叔"——大概是爷爷家里的长工或佃农,我们最喜欢看他表演各种杂技。多年后读萧红的小说《呼兰河传》,里面的那个二伯就使我想到这位佃农叔叔。

大年除夕到了,北方农村的规矩是要守岁——通宵不眠,我们小孩子当然例外。但大年初一大清早,我就被叫醒,穿上新衣服,去向爷爷奶奶拜年,辈份愈小,愈要早拜年。到了大年初三,就要"走亲戚"了,坐着牛车,到附近村庄远近各房亲戚家去"串门"送礼,凛冽的寒风也压不住心中"热乎乎"的温情。

香港的西环街市,竟然令我无端想到儿时的河南田野,那股农家特有的节庆感觉,依然浮现在这个亚洲国际大都会的一个角落,她似乎早被外来的游客和半山豪宅中的贵族遗忘了。但对我和玉莹而言,这才是香港,我俩不约而同地把西环作为我们日常生活的"麦加":每周末必去买菜,顺便也吃碗皮蛋瘦肉粥或艇仔粥,或去附近的麦当劳听老年妇人聊天,她们的广东乡音传到了我耳中,都变成了乡土气十足的河南话!

也许,生活在这个后现代的社会,对乡土的回忆本身就是一种偶发的奢侈感觉,是真是假,是回忆还是一厢情愿的联想,谁知道?反正我们过平常的日子过得快乐,就心满意足了。我每次去西环,都觉得是在过年。

做老婆的"跟尾狗"

我的这句口号,不少朋友不以为然,认为我如果不是空口说"大话"就是故意自贬身价,这种"作状"实在要不得。

在此容我稍作解释和分辩。

我的这句广东话,却是其来有自,而且源自一篇经典小说:契诃夫的《贵族和狗》,我一向觉得玉莹是唐朝仕女投胎的,本质上是一位贵妇,和她结婚以后,当然相依相随,所以我甘愿做她的"跟尾狗"——在家里做到百依百顺的程度。中国男人大多是大男人,而且不乏"男性沙文主义的猪",我不要做猪(当然老婆叫我"乖猪"时另当别论),只愿做狗,自认为狗对主人比任何动物都要忠诚。

孟子曰"人之异于禽兽者几稀",两千年来各家大儒皆引此句以鼓励"做人",但我偏偏把人和动物一视同仁,还认为有时候人还可以向动物学习。我一向有"惧狗症",因为幼时母亲抱着我去邻居处进门就被狗咬,我们母子双双跌倒地下,我这一惊就是大半辈子,直到和玉莹结婚。

她偏偏最喜欢狗,特别是那种 golden retriever,我们住在剑桥时,她在路上见到都要忍不住拍拍它们,在狗身上摸一把,我起先颇为妒忌,后来逐渐克服这种恐惧兼妒忌的心理,也跟着她去摸一把,这才发现所有摸过的狗对我都摇头摆尾,十分友善。而且我们也借此和这些狗的美国主人(美国狗多,镇上几乎家家养狗)搭讪问好,感受到异地的温情,所以,玉莹也一直以为美国人比香港人友善。在美国住久了,也逐渐忘却中国人骂人是狗的坏习惯,英语中甚少这类以狗骂人的词汇,最多说你是"疯狗",但很少说你是"狗养的"。廿世纪以后,现代汉语词汇中又增加了一个意识形态的新名词——"走狗",特别是说到"美国帝国主义的走狗"或"日寇走狗"汉奸时,都会咬牙切齿。后来鲁迅批评梁实秋和英美自由主义派,又加上一条"打落水狗",所以狗的地位更低了,甚至比"猪罗"还低贱。

我这个人偏偏有逆反心理,当别人骂人为狗时,我偏要以人为狗做我老婆的忠贞不贰的"跟尾狗"。然而除此之外还有更深层的意义。

正如吾妻所说,我做单身汉时平日四体不勤,五谷不分,作息时间不足,把自己的身体搞坏了。我们在新加坡初次"拍拖"时我就因水土不服而患了重感冒,玉莹一言不发就开始照顾我的病体,我抱病登台演讲,她在台下焦心如焚。当时她还没有任何"名分",跟在我身旁受尽委屈,但从来没有抱怨过一句。我从新加坡过港时,她邀我到她的斗室小住,目的就是调理我的身体,而且用的是道地的广东煲汤。我当时形单影只,非但无"二奶",连"一奶"也没有,离婚不久,身心俱疲,夜间睡觉时盗汗,虚火上升,早上起来又觉无力,糖尿病已入膏肓而不自知,亏得玉莹每天下厨煮羹调汤,我喝了一个月身体就复原了,只剩下遗传性的糖尿病。

这几年来玉莹为我的糖尿病遍求中药秘方(她不信西药,因为我多食西药似乎伤及肝脾,又须吃另一种"特效药"制之),中药重调理,是一种生活上的全盘艺术,身心俱备,缺一不可;换言之,就是要每天调理,不能间断,不像西药吃了就算,甚至想吃大鱼大肉或甜品时还可以多吞几粒,就是如此才把身体弄坏了。为了自己的身体也需要依从妻子的调理方法,况且三餐后服食中药丸,由多而少,她每次都忘不了提醒我或拿药给我吃。如今已经到了几乎可以不服药的阶段。

糖尿病患者最需注意的就是饮食习惯,而我以前偏偏是一个暴饮暴食的肉食主义者。老友戴天是一个"gourmet",一切饮食都讲究品位,饮红酒更是如此;我却是一个"gourmand",非但五谷不分,而且每天无肉不欢,喜欢大吃大嚼。半年前有一天妻对我说:"今后我们在家应该吃素,这样对身体好!"我听后心里一凉,自以为妻子要归佛,我愿意尾随,但要我吃素绝对不可,这等于要我的命!于是我公开玩命,但玉莹不慌不忙以柔克刚,不时煮几样素菜,问我意见如何。我先是浅尝几口,觉得其味鲜美无比,绝不逊于肉食。她又逐渐多做了几样,我才发现这些素菜非但五光十色,而且搭配后味道千变万化,绝不逊于肉食,当然比我们在她患抑郁症时每天常吃的炒鸡肉好吃多了,而且菜叶似有肉味,吃得我不亦乐乎!

　　渐渐的我们就吃起素来，但外出应酬时并不戒口，仍然吃肉，如此取得平衡。妙的是，我发现自己越来越不喜欢到外面餐馆去吃大鱼大肉，因为吃后身体感到不舒畅，莫不是我真的脱胎换骨，在我妻循循善诱之下变成了另一个人——或是另一条狗？但我这个"走狗"依然有"主体性"和自由选择权，在外面餐馆吃到好肉，则更猖狂得很，往往故态复萌，"人性"大发，又要大吃一顿，逼得我妻在众人面前要扮"黑脸"：因为当她善言相劝管教我时，朋友都以为我是"弱者"，很同情我，并为我求情："没关系，偶一为之，不碍事的。"却不知我在外应酬多时几乎顿顿如此，但吃后往往又后悔，还是身体要紧。

　　我逐渐感受到老婆对我的恒心，每天从不间断地喂我汤药，调节我的饮食，在外吃饭时又甘愿和我涂黑白脸演双簧戏，五年如一日。我佛性不高，不能"顿悟"，但也逐日"渐悟"到老婆对我的这种深情，这种爱心是时日渐久后才感受得到的，它现在于日常生活之中，而一般"大男人"对此却视若无睹，或视为当然而不自知。好在我人在福中很知福，对妻子的体贴我记在心里，久而久之也想报答她，但不知如何做起。

　　去年有一次在科技大学见到台湾来访的学者朋友王秋贵，他对我说的一席话真是当头棒喝，他说："不要以为调理身体只是为了你自己，这是为了你们夫妻二人的幸福，身体好了，活得长命，才能体现你们彼此的爱情！"我听后才真正感觉到自己太自私了，自以为服从妻子的意旨就是一个好丈夫，其实玉莹自始至终为的都是我们两人的幸福，为幸福不是仅仅"消费"享受的，而且更要滋养，所以谓"养生"才是夫妻生活的真理。

　　我这才发现，自从做了吾妻的"跟尾狗"后，不但身体健康，而且心情舒畅，那种自我表态式的"跟尾"之情也更顺其自然了，其实我在家跟她，在外她何曾没有跟我？我们俩人互跟互随，共进养生之道，日日不倦不懈，这就是婚姻的幸福。

（一）爱与死

久不看徐志摩的作品。上次看，还是三十年前写博士论文的时候，竟然着了迷。为了研究他的欧游经历，还不惜申请奖学金，一个人到欧洲流浪了半年。后来还写了一篇《康桥踏寻徐志摩踪迹》的文章，自比当年的徐志摩，真是浪漫得不知天高地厚。

这次重读徐志摩的《爱眉小札》中的情书和日记，感觉全然不同，几乎不忍卒读，觉得他浪漫得太不成熟了。难道是因为我自己年事已高，世故太深，已无浪漫余情？如果属实，为什么我还会不自觉地和吾妻玉莹在写我们的爱情宝鉴？为什么听说电视连续剧《人间四月天》轰动台湾和内地以后，马上买来全套影碟回来观看？然而勉强看了前十集，陆小曼出场后，再也看不下去。为什么现在——我自己再婚后——仍要长篇大论地谈徐志摩？

也许，正好像我重读自己早年的作品一样，总觉得徐志摩的真挚文笔表现的是一个过度透明的自我，但这种"真挚"本身是否就是真爱？"真、善、美"这三个字是徐志摩那"浪漫的一代"的座右铭，我也曾在书中（也叫作《浪漫的一代》）肯定它的价值，记得当年我在书中最喜欢引用

的一句徐志摩的话就是:

> 我没有别的方法,我就有爱;没有别的天才,就是爱;没有
> 别的能耐,只是爱;没有别的动力,只是爱。

说得够真,当年令我感动万分。然而,徐志摩并没有把爱的潜力发挥到艺术上的至美和心理上的至善。在他的情书和日记中偶尔会发现他把爱和死连在一起——甚至在巴黎还看了一场描写爱与死的瓦格纳歌剧——《崔斯坦与依索德》,觉得"伟大极了,猖狂极了,真是'惊天动地'的概念,'惊心动魄'的音乐",然而毕竟没有将之深化,写出自己的"惊天动地"的诗篇,就英才早逝,因飞机失事而死了。惋惜之余,我并不认为他是为爱而死的,反而觉得对他未尝不是一个解脱,否则他和陆小曼的婚姻真会变得不可收拾,也不堪设想。

说穿了,简单得很,徐志摩在感情的归宿上所遇非人。他有几分崔斯坦的激情,但小曼绝对绝对做不到依索德的那种高贵的 passion。在《爱眉小札》中徐志摩也数次用 passion 这个词(有时作形容词或副词),譬如这一段以英文写下的告白:

> O May! Love me; give me all your love, let us become one; try to live into my love for you; let my love fill you, nourish you, caress your daring body and hug your daring soul too; let my love stream over you, merge you thoroughly; let me rest happy and confident in your passion for me!

这几句话，虽出自真情，现在读来，不免有点肉麻，也许情人的语言都是如此。志摩用英文写出来给小曼看，不知是否顾及小曼的英文程度有限，用字遣词都似乎有点"浅薄"。也许此言太过刻薄，但以志摩留学康桥后的英文造诣，似乎应该写出较此更婉转典雅的句子来。文中用了几个简单的动词（词组）：fill（填满）、nourish（滋养）、caress（抚摸）、hug（拥抱）、stream over（流遍）、merge（溶化），似乎有点"做爱"的意味，所以当我们读到最后一行——let me rest happy and confident in your passion for me——的时候，passion 这个词就不仅仅是 love 的同义词了，可能还带点做爱似的感情意义在内。也许这种解释太过吹毛求疵，因为徐志摩的情书中一向灵肉合一，而更突出的是精神的一面，所以很少学者从"身体"的角度来探讨他的爱情观。在我看来，虽然缺乏足够的证据，但这正是徐志摩心理上的一个症结。

每一个人年轻时候都有性的欲望，弗洛伊德称作 eros，也可译作"欲望的爱"。重读徐志摩的作品，表现得最露骨的可能是《翡冷翠的一夜》那首长诗。我们可以读到下列名句：

爱，我气都喘不过来了，
别亲我了；我受不住这烈火似的活，
这阵子我的灵魂就像是砖火上的
熟铁，在爱的槌子下，砸、砸，火花
四散的飞溅……我晕了，抱着我，

　　爱,就让我在这儿清净的园内,

　　闭着眼,死在你的胸前,多美!

　　这段描写的当然是 passion,到底是肉体还是灵魂上的爱? 那就要看我们如何分析这首诗了。还有一个问题是:诗中的"我"究竟是男人,还是女人? 如就通常采用的传记式解读法,这首诗既然徐志摩题为"6月 11 日,1925 年翡冷翠山中",应该是当时他自己的"热情"写照。那么,他是否在字里行间无意中流露出经不起激情(passion)的刺激? "别亲我了;我受不住这烈火似的活",但下一句他却把爱的极致用"灵魂"来承担,在爱的槌子下,火花四散。火花又代表了什么? 一阵狂爱,竟然使他头晕,然后就"闭着眼,死在你的胸前"——男人死在女人的怀抱里——多美! 但似乎又像一个孱弱的孩子,死在母亲的怀抱里,如此则未免不够激情吧。这首诗的后半部提到两人要相伴成双而死,以达到"爱死"的理想。这个"爱死"的观念,可能就是从《崔斯坦和依索德》而来(徐志摩信中提到这个概念是在 1925 年 6 月 25日,较此诗写作只晚了两个礼拜),如果有关系的话,徐志摩当然知道:瓦格纳歌剧中的"Lie tesfod"绝对是肉体上的 passion,然后发挥到"惊天动地"的精神程度。相较之下,徐志摩的这首诗无此"强度"和"深度",他处处把死的美感放在一种自然的唯美意象上(白杨树上的风声,沙沙的/算是我的丧歌,这一阵清风/橄榄林里吹来的,带着石榴花香),于是很自然地就从肉体"升华"到灵魂;有了这些意象,诗后提到的天堂和地狱也就没有什么可怕了。

　　值得注意的是,诗中的你和我,一直是处于对话的位置。全诗虽以"我"为叙述主体,但"你"的声音越来越强,在诗的后半段被"我"

引了进来：

> 你伴着我死？
> 什么，不成双就不是完全的"爱死"，
> 要飞升也得两对翅膀儿打伙，
> 进了天堂还不一样的要照顾，
> 我少不了你，你也不能没有我；
> 要是地狱，我单身去你更不放心，
> 你说地狱不定比这世界文明
> （虽则我不信，）像我这娇嫩的花朵，
> 难保不再遭风暴，不叫雨打，
> 那时候我喊你，你也听不分明——

　　这一段"我"和"你"的关系就更加蹊跷了。到底是谁照顾谁？谁单身去谁不放心？从字面上看，"我"似乎是男性，"你"是"我"爱的女性对象。如果如此，则这个男性的"我"未免太过娇嫩，像一枝经不起风吹雨打的娇嫩花朵。如果把"性别"倒过来，这个"我"的花朵是女性的话，那么男人的"你"又是谁？既然全诗白话的成分很浓，这个女人的自白，如果不是作者自我投射的话，只能说是中国旧诗中"闺怨"传统中的新版。但像徐志摩这样的五四文人又怎么会写闺怨？总而言之，这是一个饶有趣味却无法明显解决的问题：徐志摩一生以爱为准则和目的，然而是否经得起排山倒海式的激情的爱——passion？如果他自己的爱是像他描述的那么 passionate，为什么在"肉欲"（eros）的层次上反而不够浓烈？即使和与他同时代的作家相比,鲁迅的《野草》中的"复仇"就更能正视爱和死,而徐的好友邵洵美的诗(如《蛇》《牡丹》)在肉欲的意象上也更大胆。

或者我们可以为徐志摩辩解:他的爱和真情,本来就和肉体无大关系,是一种精神上的理想价值。如果作精神上的恋爱,林徽因无疑是他的最佳对象,但电视剧《人间四月天》却把这一段渲染得太离谱了。年轻时代的林徽因不是电视剧中哭哭啼啼的木讷人物,她聪慧善道,很有主见,也不一定把徐志摩视为她的理想爱情对象。徐如有单恋,也显然是"未果"的。也许,徐志摩的悲剧就在于此,他这一腔真情没有找到发泄的对象,最后却碰到了一个颇为俗气的陆小曼,他不分青红皂白,一股脑儿把自己的感情毫不保留地倾泻了出来。然而却找错了对象。我们知道他们婚后的生活并不愉快,而且越来越坏。读他给陆小曼的信,最感人的反而是最后一年(1931 年)他飞机失事前的几封。他又写一段英文,但读来凄凉得很:

> I may not love you so passionately as before, but I love all the more sincerely and truly for all these years, and may this brief separation bring about another push of passionate love from both sides so that each of us will be willing to sacrifice for the sake of the other!

在这段话中,志摩直认已经没有激情,不再 passionately 地爱小曼,但他依然爱得忠诚(sincerely and truly),但为时已晚,以"小别"的方法希望再重拾热爱是不大可能的。妙的是徐志摩用了英文 gush 这个词,非常恰当,像一阵潮水的进出,汹涌得很,但潮退了以后又怎么办？他们在这一年竟然连"并肩散一次步，或同出去吃一餐饭，或同看一次电影"的机会也没有，陆小曼对徐志摩的冷落可想而知。在这一封信（3 月 19 日）中他又说，"你没有一天不是 engaged 的，我们从没有 privacy 过"，已经够惨了。到了 5 月 12 日，他信中向小曼责问："前三年我去欧美印度时，那九十多封信都到哪里去了？……你总得改良改良脾气才好，我的太太，否则将来或许连老爷都会被你放丢了的。"如果他还活下去的话，恐怕这迟早会成为事实。到了此处，已是绝境，所以当年在 7 月 8 日信中写道："你不记得我们的'翡冷翠的一夜'在松树七号墙角里亲热的时候？我就不懂何以做了夫妻，形迹反而得往疏里去！那是一个错误。"

　　然而错误已经造成，徐志摩一失足竟成千古恨。

　　　　恋爱是生命的中心与精华：恋爱的成功是生命的成功，恋爱的失败，是生命的失败，这是不容疑议的。

　　如果照徐志摩的这句座右铭来看，他的生命应该是成功的，因为他和陆小曼的恋爱毕竟是成功了。但是恋爱成功了，婚姻又如何？是否印证了俗套——婚姻是恋爱的坟墓？徐志摩在他婚前的日记中，对于婚姻生活，并没有十分浪漫的憧憬，在记述他们婚姻的《眉轩琐语》的开端（9 月 10 日），他也只稍微流露一点自我庆贺之意："身边从此有了一个人——究竟是一件大事情，一个大分别……回身看看，挨着你坐着的是你这辈子的成绩，归宿。这该你得意，也该你出眼泪，——前途是自由吧？为什么不？"这段话的最后一句在语气上显得不太肯定，句子中"我"改成了"你"，是一种修辞式的自我诘问，属于英语中常用的语法,如果我们把它译成英文,效果就更清楚了:For this you should be pleased, but you should shed tears—the future is free？Why not？英文中的假设语法,加上最后两个问号,使得全段读来更不稳定。中文中的"该"字的效果亦是如此,整个句子的背后似乎有股疑虑:有了归宿,你本该得意的,你本该快乐地流下眼泪:婚姻的前途应该是自由自在,无忧无虑的吧,为什么不？但事实上他并不得意,并没有浪漫,对于婚姻的前途,也不见得乐观。我的细读可能过分,但徐志摩字里行间所流露的绝不是真正的快乐。在 5 月 19 日的日记中,他的想法更冷静:

> 蜜月已经过去,此后是做人家的日子了。回家去没有别的希冀,除了清闲,译书来还债是第一件事,此外就是做到一个养字,在上养父母(精神的,不是物质的),与眉养我们的爱,自己养我的身与心。

这段话不像是一个五四文人的宣言,反而有点传统儒家的味道,而且出奇的不浪漫。婚姻变成了日常生活——"做人家的日子"——还要还债——婚姻生活还需要"养",除了父母和其身以外,还要"养"他们夫妇的爱。这个观念,有点不寻常,就徐所用的词汇来看,养应该是 nourish,这在他向小曼示爱的英文句子中就已用过:let my love fill you, nourish you——这个"养"是恋爱时候的"养",和填满(fill)与抚摸(caress)放在一起,几乎和珍惜(cherish)差不多,像是一对恋人捧着对方身体所讲的话。后来的这个"养"字,和父母与自我身心放在一起,就颇不相同了,至少它需要努力,而不是那么自然的真情宣泄。在这方面,徐志摩是彻底失败了,婚后非但养不得父母(他母亲未几过世,父亲对陆小曼甚不谅解),也没有养得婚后的爱情,甚至弄得自己身心俱疲,最后粉身碎骨而死。相较之下,沈三白最成功的地方,反而就是这一个"养"字。《浮生六记》的前两卷,说的都是"养":他和芸娘婚姻生活的情趣,是互相培养出来的,虽然最后终归失败——而且我认为沈三白难辞其咎——但两人毕竟过了二十三年恩爱夫妻的生活。换言之,他们两人的爱情,是在结婚以后"养"出来的,所以"年愈久而情愈密",令人羡慕。如何养法? 沈三白在"闺房记乐"和"闲情记趣"中描写得非常细腻,而种种细节皆是植根于日常生活中的食衣住行之上。以现代生活的立场来看,这种乐趣愈来愈难,因为它必须有不愁衣食、无后顾之忧的经济基础,一旦沦为贫贱夫妻生活就百事哀了。另一个要素当然是闲暇(leisure),三白夫妇将之发扬光大,变成一种闲情式的生活艺术。难怪林语堂喜欢,甚至在他本人所著的英文书中也大加吹擂,成了中国传统文化的智慧结晶。对我来说,这古典的闲情,如果发挥到了极致,未免失去了动力和无情,这反而是徐志摩的爱情观最注重的特点,并以之变成一种新的个人价值。

然而,当我们进入科技和商品经济挂帅的"后现代"的时候,两者——沈三白的闲情和徐志摩的热情——都成了幻影空谈,甚至拍成电视连续剧以后,也很难使观众得到真正的启蒙。其实,启蒙时代早已过去,一切对于爱情的憧憬都已被包装成商品以后,"世故"变成了生活的日常态度,甚至婚姻制度本身——不论是新是旧,是中是西——都在逐渐变质。沈三白和徐志摩这两位情圣,对今世又有什么意义?

我和玉莹既然甘冒商品化的风险,把我们的婚姻生活写成一本小书出版,自然希望对于这两位文人的感情遗产有所回应(但谈不上继承)。也许,我们可以把沈三白笔下的"乐趣"这两个字重新思索一次,如果现代生活已经没有闲暇,其"乐"和"趣"又要从何寻求?究竟应该解作 happiness 还是 pleasure ?近年来西方文化理论,自罗兰·巴特以降,谈的都是 pleasure,从不谈 happiness,而后者只有在自由主义的政治理论中被人引述,美国宪章上就开宗明义提到 : Life, Liberty,and the pursuit of Happiness。但也是一种界定新的"想象社群"的抽象话语。至于婚姻,在西方本来就是近世纪中产阶级的产物,早已成了文学和艺术上的俗套,但仍然为西方文士提供用之不竭的资源。且不谈福楼拜的《包法利夫人》或托尔斯泰的《安娜·卡列尼娜》,美国名小说家 John Updike 几乎靠描写婚姻生活起家出名,甚至致富。即使像英格丽·褒曼这位电影界的大师,最后竟然也拍了一部电视连续剧——Scenes from a Marriage(《一个婚姻的各面》),把一对自传式的男女婚姻解剖得体无完肤,不留情面,反而大受欢迎。据说此剧在电视上播出的当晚,瑞典城市街道上冷冷清清,人们都回家看电视去了。其引人之处可能与 Updike 相似,两人都是以暴露婚姻的"阴暗面"为前提,夫妻之间互不守节成了家常便饭。我们可以说这是西方现代艺术家对于这个布尔乔亚生活基础的彻底批判,批判得愈无情,愈人木三分,也愈受人欢迎。说得好听一点,自有其"集体反思"的意义。

然而,如果沈三白和徐志摩再世,又会作何看法?他们当然会拂袖而去,作别西天云彩。然而,他们毕竟留下另一种和西方大异其趣的文化遗产!这份遗产,已经不值得全然歌颂(因为林语堂的时代也过去了),但是否已寿终正寝?

附录二　重读《浮生六记》　李欧梵

（一）

重读《浮生六记》——而且是最近我和玉莹婚后有感而读——别有一番滋味，或可说是甜中带酸，外加一点现代性的辣味。但不能完全同意林语堂的说法，认为芸娘"是中国文学及中国历史（因为确有其人）一个最可爱的女人"，而沈复"把它写成古今中外文学中最温柔细腻、闺房之乐的记载"。对于芸娘的可爱，我无容置疑，然而沈三白这位寒士——他也真够寒酸——是否当得起文人美士的称号？我却认为未必然。林语堂只看了《浮生六记》的前四卷，就把它译成英文，但是还有两记他没有看："中山记历"写的是作者以幕僚身份到琉球半年的一段经历；"养生记道"，写的是芸娘逝后，作者戚戚寡欢之余，逐渐感悟到的个人"养生之道"，甚至得到"养生之要，惟在闲放不拘，怡适自得而已，始悔前此之一段痴情，得勿作茧自缚矣乎？"的结论，这岂不把他和芸娘的前情一笔勾销？！我反而对他同情不起来，他愈要养生，我愈要他穷途潦倒而殁，这种感觉，和读《红楼梦》后的掩卷浩叹全然不同。用现代人的话说：沈三白这个人是一个不折不扣的男性沙文主义者，除了书中的前两卷，他也迂腐得可以，甚至在"坎坷记愁"中流露出那副自暴自弃的穷酸相，实在令人不敢恭维。林语堂把他美化了。

（二）

也许，这种看法有点大逆不道？反映的是我个人的"酸葡萄"心态？也许，稍微持平一点来说，沈三白是靠了写出芸娘而不朽，所以全书的精华应该是前两卷："闺房记乐"和"闲情记趣"。然而我认为全书的文笔最能表现沈三白文士风流的是卷四"浪游记快"，此卷的长度也恰好是前两卷的总和。所谓"浪游"，就是狎妓，在这一卷中，沈三白发挥清朝游记体的特色（写景极为仔细、真实），又加上一段他狎雏妓喜儿——"身材状貌有类余妇芸娘，而足极尖细"——的精彩绝伦的描写，反而显得文采奕奕，且看下面这几句和喜儿在船上望月的描写：

> 一轮明月，水阔天空，纵横如乱叶浮水者，酒船也；闪烁如繁星列天者，酒船之灯也；更有小艇梭织往来，笙歌弦索之声，杂以长潮之沸，令人情为之移。余曰："'少不入尘'当在斯矣！惜余妇芸娘不能偕游至此。"回顾喜儿，月下依稀相似，因挽之下台，息烛而卧。

这种豪放自得的情怀，在书中并不多见，而沈三白得以如此，恰是因为他远离了"余妇芸娘"和家庭的牵绊，试想当时的芸娘又会作何想法？诚然，在传统的文人世界中，狎妓不但被公开认可，而且可以传为美谈，所以芸娘自己也曾和三白一起狎妓（素云），饮酒畅游，但游得并不太久，距家也不太远，甚至一心想为三白纳憨园为妾，最后因不果而心情抑郁致病，这都是现代男人所难以想象的（或者说：只有幻想的份儿），但是问题在于作者在文本中所显现的心态和文本前后对照所泄露的讽刺效果。他这一次到粤东的浪游（自然离他在苏州的家甚远,心理上可能更自由,更不受父母亲伦理道德的阴影管制),自己形容是"半年一觉扬帮梦,赢得农船薄幸名",真是自大得可以!但接着就叙述道:"余自粤东归来,馆青浦两载,然(可能是'无'字之误)快游可述。未几,芸、憨相遇,物议沸腾,芸以愤激致病,余与程墨安设一书画铺于家门之侧,聊佐汤药之需。"

换言之,沈三白已经享受了一段"婚外情",是否让芸娘知悉,文中没有交代,而前卷描写芸娘为他物色憨园,他自己全然是被动的样子,就显得有点虚伪了。我们再把卷一"闺房记乐"的相关段落对照来看,就愈会感到芸娘的大度(甚至有男子气概)和沈泊的"小"气。首先是夫妇二人与船家女素云的一段杯酒交,已经看得出两个女人的豪爽性格,相比之下,沈三白的调情技巧就显得不够潇洒,且看他的一副好色之相:

　　船家女名素云,与余有杯酒交,人颇不俗。招之与芸同坐。船头不张灯火,得自快酌,射覆为令。素云双目闪闪,听良久,曰:"觞政侬颇娴习。从未闻有斯令,愿受教。"芸即譬其言而开导之,终茫然。余笑曰:"女先生且罢论。我有一言作譬,即了然矣……鹤善舞而不能耕,牛善耕而不能舞,物性然也。先生欲反而教之,无乃劳乎?"素云笑捶余肩曰:"汝骂我耶?"芸出口令曰:"只许动口,不许动手!违者罚大觥。"

　　素云量豪,满斟一觥,一吸而尽。余曰:"动手但准摸索,不准捶人。"芸笑挽素云置余怀,曰:"请君摸索畅怀。"余笑曰:"卿非解人,摸索在有意无意间耳。拥而狂探,田舍郎之所为。"时四鬟所簪茉莉,为酒气所蒸,杂以粉汗油香,芬馨透鼻。余戏曰:"小人臭味充满船头,令人作恶。"素云不禁推拳连捶曰:"谁教汝狂嗅耶?"

沈三白故作逐臭之夫状,我看他自命风雅之中已露出相当俗气,恐怕比"田舍郎"更差;他对素云的态度更不可取,芸娘想教她觞政,他却将之比作"鹤善舞而不能耕,牛善耕而不能舞,物性然也",简直可看作畜生,素云虽不为忤,但三白也没有把妓女当人看,她显然成了沈三白义士风流的代价。

这一卷所记的是粤东之游。三白和友人徐秀峰都狎妓,秀峰把妓女取为妾而归,三白却始乱终弃,导致喜儿为他"几寻短见"!芸娘看到秀峰新纳的妾,才开始为三白"痴心物色"起来,"而短于资"。友人介绍认识了另一个雏妓憨园,"瓜期未破,亭亭玉立",而且颇知文墨,芸娘在她身上看到"美而韵"的气质,于是和她交友,"欢同旧识,携手登山,备览名胜",完全同等对待,不以为贱,但三白却视她为货物,甚至说"此非金屋不能贮",还加上一句:"况我两人伉俪正笃,何必外求?"前一句说的是"金屋藏娇",也就是当代香港人说的"包二奶",基本上是一种买卖;下面的一句则更显得假惺惺——如果伉俪情笃,何必又到粤东去狎妓?即使是逢场作戏,也不必把个扬帮闹得天翻地覆,"合帮之妓无一不识,每上其艇,呼余声不绝"。沈三白自夸"温存体恤",所以才"一艇怡然",但以我看来,是一种心理上的补偿作用,在这方面他的自我感觉未免太过良好了,甚至有点自怜自爱,这当然也是大男人主义文人的通病:自命风流,却从来没有为女方——不论是名媛还是妓女——着想。对比之下,芸娘先和憨园结为姊妹,再图纳之为妾,在态度上高贵诚恳多了。甚至可以说对憨园一往情深，所以三白在卷末才会说："后憨为有力者夺去，不果，芸竟以之死。"就那么简短的一句话交代了事。第三卷"坎坷记愁"中提到此事，说"憨为有力者夺去，以千金为聘，且许养其母"，芸娘"探始知之，归而呜咽，谓余曰：'初不料憨之薄情乃尔也！'"而三白的回答竟然如此冷漠，令人心寒："卿自情痴耳，此中人何情之有？"

（三）

沈三白不是贾宝玉，他不知情是何物，遑论"情痴"，至于他笔下的"闺房记乐"和"闲情记趣"，写的不完全是夫妇的爱情，而更多的是家居的乐趣。我们不能说他不爱芸娘，但是中国传统文化中更重视的是一种"举案齐眉、相敬如宾"的夫妇伦理，台湾学者曾昭旭，在为此书的一个新版本所写的导言中用四个字来形容这种传统的爱情风貌："风流蕴藉"（而不是热烈激昂），此语甚是。值得继续探讨的是，三白和芸娘又如何实践"风流蕴藉"的理想。就我看来，三白只不过徒作风流而已，但芸娘却能够从"蕴藉"作起点而发挥到一种近乎浪漫的爱情。至少，我们应该感谢《浮生六记》的作者，把一个活生生的古典女人芸娘借文字展现了出来，书中的"余"，反而成了一个不足轻重的叙述者。一本开章明义就写自己妻子的书，在中国文学史上毕竟也算是一个不大不小的突破，中国古典诗词中写妻子的往往有之，但以三卷散文篇幅写自己妻子的文人还不算多。可惜写得还不够。

沈三白在卷一"闺房记乐"中所用的古文，较卷四"浪游记快"朴实得多，因为芸娘是一个朴实的女子，初见时她仅十三岁，"其形削肩长项，瘦不露骨，眉弯目秀，顾盼神飞，唯两齿微露，似非佳相"。这

一个形象并不艳丽,甚至有人认为她的"两齿微露"就是暴牙。三白
一开始就说她"似非佳相",也有点损人利己。难能可贵的是她的才情,
三白记述他们之间关于古文诗词的对话,颇可圈可点,他大谈各古文
大家之风格,然而她却只谈诗,而且有自己的独特观点:

余曰:"唐以诗取士,而诗之宗匠必推李杜,卿爱宗何人?"
芸发议曰:"杜诗锤炼精纯,李诗潇洒落拓,与其学杜之森严,
不如学李之活泼。"
余曰:"工部为诗家之大成,学者多宗之,卿独取李,何也?"
芸曰:"格律谨严,词旨老当,诚杜所独擅,但李诗宛如姑射
仙子,有一种落花流水之趣,令人可爱。非杜亚于李,不过妾之私
心宗杜心浅,爱李心深。"

这种说法,不以为奇,郭沫若写了《李白与杜甫》之后,似乎人人
都宗李而不宗杜,但是一个清乾隆年间的女子有此看法,当属难能可
贵。芸娘又认白居易为启蒙师,还喜欢司马相如的赋,读《西厢》而
忘倦,她的浪漫情操,由此可见端倪。然而沈三白不在芸娘的诗才上
进一步描述,反而吹嘘自己"性爽直,落拓不羁,芸若腐儒,迂拘多礼",
实在不了解她。三白处处以戏言挑逗,说她"礼多必诈",害得芸娘担
忧:"世间反目多由戏起,后勿冤妾,令人郁死!"此言却不幸而言中,
她后来真的是受到冤屈,抑郁而死。先是受到公婆的欺侮,后又因小
叔倒账而入穷途,三白在"坎坷记愁"中隐约其词,不敢反抗父母,甚
至礼貌上的规劝也没有做到。我们且不用五四的尺度来衡量,即使以
晚明文人的标准来看,沈三白也显得懦弱而迂腐,实在配不上芸娘。

林语堂说："这悲剧之发生，不过由于芸知书识字，由于她太爱美至于不懂得爱有什么罪过。"所言不差，差的是沈三白对于芸娘的这种爱美性格不够体恤，更不能像贾宝玉一样向黛玉交心。我认为《红楼梦》的主题就是他们二人对于美的追求，这种美感（aestheticism）为尘世所不容，所以导致悲剧。但至少宝玉是生有异禀的，即使《红楼梦》的各种版本再不同，宝玉的爱美性格仍然活现于纸上，最后出家，是一种必然的解脱。相较之下，三白非但说出家而没有出家，反而养生自保起来，实在自私之至，甚至还说出"始悔前此之一段痴情，得勿作茧自缚"的话，这样的男人，还值得敬佩吗？

林语堂认为"淳朴恬适自甘的生活（如芸所说，"布衣菜饭，可乐终身"的生活），是宇宙间最美丽的东西"；他又说："读了沈复的书，每使我感到这安乐的奥妙，远超乎尘俗之压迫与人身之痛苦——这安乐，我想，很像一个无罪下狱的人心之泰然，也就是心灵已战胜了肉身。因为这个缘故，我想这对伉俪的生活是最悲惨而同时是最活泼快乐的生活——那种善处忧患的活泼快乐。"

重读沈复的书后，我觉得他处理"活泼快乐的生活"倒颇怡然自得，当然更靠芸娘给他的灵感，但这对伉俪是否真的"善处忧患"呢？此书评者多偏重前者而忽略后者，在前两卷中看他们伉俪种花养石，烹茶煮酒，皆成佳趣，我在此不必赘言。然而到了"坎坷记愁"一卷，我们却发现沈三白实在不善于处忧患。传统社会的大男人，理应对自己的妻子家庭负起责任，但三白却坐视妻亡子殁，而自己毫无办法，此卷中三白忍受酷寒去借钱的一场"戏"，颇费笔墨，但他在江阴江口，"春梦彻骨"之余，却要"沽酒御寒"，所以会"囊为之罄"，他为什么不去砍柴取火，却还要花钱喝酒？一幅寒酸文人的相貌流露无遗。借了钱，本欲延医诊治芸的病，但芸阻曰：“妾病始因弟亡母丧，悲痛过甚……而平素又多过虑，满望努力做一好媳妇而不能得，以至头眩怔忡诸病毕备，所谓病入膏肓，良医束手，请勿为无益之费。忆妾唱随二十三年，蒙君错爱，百凡体恤，不以顽劣见弃，知己如君，得婿如此，妾已此生无憾。”这是何等高贵的情操，甚至在瞑目之前还念念不忘“愿君另续德容兼备者，以奉双亲，抚我遗子”，读至此，我也不禁和沈三白一样，“痛肠欲裂，不觉惨然大恸”。然而，三白口口声声不再续弦，后来还是接受友人送给他的一个妾，于是“重入春梦，从此扰扰攘攘，又不知梦醒何时耳”。这一卷以这一句话作结，我认为有意想不到的反效果，不知后人是否考证过：当他自我“养生记道”的时候，是否还有一个小妾随旁服侍？

如果《浮生六记》只有前四卷，也许我们读后的印象会完美一些：林语堂只读了前四卷，所以才会大捧沈三白不负芸娘之爱，“把它写成古今中外文学中最温柔细腻、闺房之乐的记载”，甚至还要以拉威尔和马斯耐的音乐来遥祭他们。我同意用拉威尔的“Parane”，因为这首乐曲是为一个“死去的公主”而写。我才不会说：“三白，三白，魂无恙否？”如果见到三白的灵魂，我会向他说下面的几句话：

三白，三白，你三生有幸，娶此佳人为妻，并因她而流芳百世，虽曰浮生若梦了无痕，你在天堂梦醒之时，是否感到自己还对得起芸娘！

（四）

我和玉莹在前年——廿世纪最后一年抑或是廿一世纪的第一年——结婚，两人都过了中年，但婚后却体会到不少乐趣，遂使我们对婚姻这个制度重拾信心（虽然两人都经历过一次失败的婚姻），甚至还发怀古的幽思，想感受一点前人的启示。遂把沈三白的《浮生六记》和徐志摩的《爱眉小札》拿来重读，感受很深，但和第一次读的感觉全然不同。爱记于此，也算是一种心情写照，不是学术论文。

P.S.《浮生六记》的后两卷可能是伪作，已经由不少学者向我指正，不胜铭感。但不论是真还是伪，并不能影响我对该文本的看法。